真夜中にお会いしましょう

神奈木　智

幻冬舎ルチル文庫

CONTENTS ✦目次✦

真夜中にお会いしましょう

✦カバーデザイン＝chiaki-k（コガモデザイン）
✦ブックデザイン＝まるか工房

イラスト・金ひかる✦

真夜中にお会いしましょう

プロローグ

その店は、華やかな繁華街の一番外れにあった。

両脇を雑居ビルに挟まれ、息苦しそうに建っている木造のボロい一軒家。戦後間もなく建てられたこの小さな平屋は、見た目の通り実に様々な歴史を経てきていた。

初めの住人は、がめつい高利貸しの若い愛人。やがて愛人が若い身空で病死すると、今度は密《ひそ》かに彼女へ横恋慕していた大学生が親の遺産でそこに住み着いた。しかし青年もまた短命で、僅《わず》か数年の内に家の持ち主は三代目へと替わってしまった。

それからもあらゆる人間がこの家を所有したが、いずれも短い期間で他人へ譲り渡している。しまいには良くない噂《うわさ》が飛びかい、年老いた家には誰も買い手がつかなくなった。

——十数年後。

廃屋寸前だった家に、新しい住人たちがやってきた。

彼らは全財産をはたいて屋根や壁を修繕し、かろうじて人間が暮らせるまでに蘇《よみがえ》らせたが、一番の目的はそこで寝起きをすることではなかった。繁華街として発展した夜の街に相応《ふさわ》しいように、その家を生まれ変わらせたのだ。

その理由は、ただ一つ。

彼らの人生を、そこからリセットするためだ。


「やっだ～、ユリカちゃん。道間違えちゃったんじゃないのぅ？」

「そんなことないわよ。正確よ、あたしの記憶力は」

「だったらぁ、なんで見つからないのよぉ」

かなり飲んだのか、足もとがふらふらとおぼつかない若い女性が二人。真夜中の路上を声高《こわだか》に騒ぎながら、シャネルのバッグをぶんぶん振り回している。

世間では正月気分もすっかり抜けて、寒さも一年で一番厳しい時期だというのに、彼女たちはまるでバカンスにでも来ているような陽気さだ。一人が下着が見えそうな超ミニのツイードスーツに毛皮のハーフコートを羽織り、もう一人は身体《からだ》の線も露《あらわ》な紫のワンピースの上からイタリア製の派手な大判ストールを巻いている。

「ほら！　ここよぉ！」

ユリカと呼ばれた毛皮の女が、一軒のみすぼらしい木造家屋の前で立ち止まった。

「ねね、ここに小さく書いてあるでしょ。ラ・フォンティーヌって」

「どこどこ？　ねぇ、マジでここがお店なのぉ？」

「目が悪いわねぇ、マリンちゃん。ほらあそこ、表札のところよ」

「え？」

言われた通りマリンが目を凝らしてみると、古めかしい木製の引き戸の右脇に場違いなほどぴかぴかな表札がかけられている。普通は住人の名前が明記されているものだが、ユリカの指差した先には『ラ・フォンティーヌ』という文字がやたらと華麗な書体で描かれていた。

それを見たマリンの表情が、たちまち疑惑に縁取られる。

「……冗談でしょ？　この和風のボロ家が、フォンティーヌですって？」

「あら、中はもっとボロボロなのよん。さぁさ、入りましょ。マリンちゃん」

「ユ、ユリカちゃん、でも……でも……」

名前と外観の落差に呆然《ぼうぜん》としているマリンの背中を、ユリカが両手でえんやこらと押し出した。勢いに負けたマリンは、仕方なく目の前の引き戸に手をかける。（そういえば、死んだお祖母《ばあ》ちゃんの家がこんな玄関だったわ）などと思いながら、彼女は思い切って指に力を入れた。

次の瞬間、カラリと音がして意外にすんなりと扉が開かれる。

「いらっしゃいませ！」

「え……」

複数の男性の声に元気よく迎えられ、マリンは思わず自分の目を疑った。

「こ……ここが……フォンティーヌ……」

板張りの狭い店内には、名前から想像されるような豪華なシャンデリアも煌《きらめ》くミラーもない。おまけに、音響の悪いスピーカーから流れているのは、不景気なクラシック音楽だ。インテリアは粗大ゴミから拾ってきたような不揃《ふぞろ》いの小さなテーブルが三つと、カラーボックスを並べて作った即席のカウンターだけ。極め付けに薄暗い照明を彩るのは、天井の蛍光灯に巻かれた貧乏臭い青のセロファンという徹底ぶりだった。

「ここが……」

マリンは、開いた口がまだ塞《ふさが》らない。

高校の文化祭でももう少しマシな作りにするだろうと思われる、あまりにみすぼらしい光景。この繁華街に流れてきて一ヵ月、仕事仲間のユリカに「面白い店がある」と誘われてご機嫌で付いてきたのに、まさか幽霊屋敷に連れてこられるとは思わなかった。

「こんばんは、ユリカさん。今日は新しいお友だちですね」

「ええ、そうなの。マリンちゃんて言うのよ。サービスしてあげてね」

「――かしこまりました」

絶句するマリンの前に、スッと手入れの行き届いた優雅な手が四本差し出される。ようやく我に返った彼女は、ハッとして目の前に立つ男性たちを見上げ――改めて息を呑《の》んだ。

にっこりと微笑《ほほえ》む、四つの綺麗《きれい》な顔。

「あ……の……あなたたちは……？」

「ようこそ、マリンさん。俺、紺《こん》って言います」

「はじめまして、俺は碧《みどり》です。外は寒かったでしょう」

「ユリカさんには、いつもご贔屓《ひいき》いただいているんです。山吹《やまぶき》です」

「あの、暖房もう少し強くしましょうか。えっと、僕の名前は藍《あい》です。よろしくお願いします」

「ちょ……ちょっと……」

あっという間に男性たちに囲まれ、とうとうマリンは悲鳴をあげた。

「な、な、何これっ。なんなの、この人たち誰っ？　ユリカちゃん、ここは一体どこなのよおっ」

「ホストクラブよ」

山吹と名乗ったスーツ姿の青年に毛皮を預け、ユリカがにっこりと答える。マリンは一瞬言葉をなくしたが、この街のキャバクラで働き出した当初、ちらりと聞いた噂をすぐに思い出した。

「もしかして、ここが……あの……」

「え？」

「例の、ホストクラブなんじゃ……」

「あらぁ、さすがはマリンちゃん。察しが早いわぁ。新入りにも拘《かかわ》らず、先週指名で二位になったのは伊達《だて》じゃないわねぇ」

「ユ……ユリカちゃん、あたしを騙《だま》したのねっ。すっごい穴場だって言ったくせに！」

「嫌だ、あたし嘘《うそ》はついてないわよ？　だって、すっごい穴場でしょ？」

「穴場の意味が、違うわよっ」

金切り声を上げ、すっかり酔いの冷めた顔でマリンはわめいた。

「ここでしょ、入った人間が不幸になるって噂の店はっ！　あたし帰るっ。帰るからぁっ！」


大失敗、と呟《つぶや》いて海堂寺《かいどうじ》碧がふうっとため息をついた。

「でも、何が悪かったのかな。目一杯お愛想も振りまいたのにねぇ」

安物のビロードを張ったスツールに腰を下ろし、頬杖《ほおづえ》をついてもう一度ため息を漏らす。

碧は四人の中で一番麗《うるわ》しく綺麗な顔をしていたので、憂いを含んだ表情はそれは色っぽかった。

「マリンさん、完全にびびってたし。接客って難しいなぁ」

「四人で囲んだのが、まずかったんじゃねぇの。暴力バーみたいでさ」

少々乱暴な口調で答えたのは、従兄弟《いとこ》の海堂寺紺だ。碧より五つ年下の彼はまだ十八歳という若さだったが、ホストという仕事柄、表向きは二十歳で通している。だが、よく動く生意気そうな黒目が見た目の少年っぽさを際立たせていた。

「けど、傷つくよなぁ。あの客、何も逃げ出さなくたっていいじゃんか。なぁ、藍?」

「……僕のせいかもしれない……。緊張しちゃって、何か変なこと言ったかも……」

紺から同意を求められ、もう一人の従兄弟の海堂寺藍がしょんぼりと項垂《うなだ》れる。四人の中で一番細くて甘い顔立ちをした藍は、それでも紺よりは一つ年上で、先月十九歳になったばかりだ。

「皆、ごめんね。僕、いつも要領が悪くて……」

「——藍。おまえが口にしたのは、〝暖房強くしましょうか〟っていう地味〜で貧乏臭〜い一言だけだ。いいから、気にするな」

「それ、全然慰めになってないって、山吹」

落ち込みのあまり隅っこに下がってしまった藍を見て、苦笑しながら碧が言った。

「ああ、可哀相《かわいそう》に。相変わらず、他人の心がわからない男なんだから」

「もともと、兄ちゃんは唯我独尊タイプだからな」

「紺、それがたった一人の兄に向かって言う言葉か?」

激しくムッとした顔で、海堂寺山吹が弟の紺に食ってかかる。二十六歳の彼は四人の中で

最年長ということもあり、一同の長男的役割を担ってはいるが、実際の弟は紺一人だ。そのせいか、素直な藍はともかく山吹と三つしか違わない碧は、何かにつけて彼をからかうような口をきく。今もぶ然とする山吹に向かって、碧はわざと呆《あき》れたような口調で言った。

「あのねぇ、山吹。君がアメリカ帰りのエリートビジネスマンだったのは、もう過去の栄光なの。だから、そういう不遜《ふそん》な物言いは直していかなくちゃ」

「わ……わかってるさ」

「いや、わかってないね。いくら俺たちが従兄弟同士とはいえ、今は一つ屋根の下で一緒に暮らす仲間みたいなものなんだから。人間関係を円滑に進めていくためにも、もう少し柔らかな言葉遣《づか》いを心がけなきゃダメだよ。特に、藍は一番の箱入りでデリケートなんだし……」

「……だったら、俺も言わせてもらうが」

銀縁《ぎんぶち》の眼鏡《めがね》の奥から鋭い瞳を光らせて、すかさず山吹も反撃に出る。また始まった、とウンザリした様子で、碧は紺と顔を見合わせた。

「人のことを言う前に、おまえらは大体やる気があるのか？　それなら、もっとホストっぽい格好をしたらどうなんだ。俺を見てみろ。スーツはゼニアで誂《あつら》えた三揃いだし、俗っぽくて趣味じゃないが腕時計はロレックスのデイトナだ。それがなんだ。碧は全身トラッドでケンブリッジの学生みたいだわ、紺の格好は道端で奇妙な踊りを踊ってるチンピラと同じだわ、まともなのはジャケットを着用している藍だけじゃないか」

「ホストが三揃いってのも、どうかと思うけど……」

「……ヒップホップなんだけどな、一応」

碧の呟きに続いて、紺がドッと疲れた顔で藍へと視線を移す。心ない山吹の一言でしょげかえっていた藍は、紺と目が合うと弱々しく笑ってみせた。少し前までは何かにつけてすぐ涙目になっていたので、これでもだいぶタフになったと言えるだろう。

『海堂寺』という名の箱入りで育った四人の中でも、本家の一人息子である藍はまた特別だ。同じ箱でも、人間国宝の作った家紋入りの桐《きり》箱で大きくなったような人間なのだ。

「あの、僕は元からこういう服しか持ってないからで……」

紺の瞳に勇気を得た藍は、おずおずと進み出ながら口を開いた。

「とにかく、ケンカはやめようよ。皆で仲良く話し合おう？」

「大丈夫だよ、藍。山吹も本気で言ってるわけじゃないし、俺たちは同じ海堂寺の一族なんだから」

藍にだけはいつでも優しい碧が、そっと手を伸ばして頭を数回撫《な》でていく。表情は固かったが、山吹も同意を示すように深く頷《うなず》いた。

「心配するな、藍。まだ開店して三ヵ月だろう？　勝負はこれからだ」

「でも、もう一度問題点を話し合った方がいいのは確かだね。このままだと、今度こそ遠からず俺たちは破滅だよ。いくらなんでも、毎晩ユリカさんしかお客が来ないんじゃ……」

「おい、碧！」

すかさず、山吹が碧をたしなめる。紺と藍はまだ未成年なので、不安を与えるような発言を不用意にするな、というのが彼の口癖だった。

だが、クールな碧はまるで頓着しない。綺麗な顔を少しも歪《ゆが》めずに、平然とした口調で「もう、俺たちに余分なお金は一銭もないんだし」と最悪なセリフで締めくくる。藍が戸惑ったように瞬《まばた》きをくり返し、紺は深々と悲痛なため息をついた。

「俺、考えたんだけど」

「なんだ、紺？」

「大マジな話、俺たちは崖《がけ》っ淵《ぷち》にいるってわけだろ。だったら……いっそのこと皆でバラバラに逃げ出そうぜ。だって、それしか道はないじゃんか。もともと、ホストクラブをやろうって発想自体が無謀なんだって。第一、俺らのどこがホスト向きなんだよ？」

「うん……そうだよね。僕だって、全然自分が向いてると思えない……」

「だろだろ？　兄ちゃん、藍だってそう言ってるんだし」

「この期《ご》に及んで、バカなことを言うんじゃない」

紺の意見を一蹴《いっしゅう》し、山吹は毅然《きぜん》と言い返す。

「いいか、皆。冷静に考えてみろ。水商売が盛んなこの街で、俺たち以上にルックスのいいホストが他に存在するか？　どの店も色黒で下品で貧相な、歯だけがやたらと白い男ばかりじゃないか」

自信満々で断言すると、珍しく藍が「でも……」と反論した。

「ホストに一番大事なのは、ルックスじゃない。頭と愛敬《あいきょう》だぞって……」

「ふん。どうせ、涼《りょう》あたりから吹き込まれたんだろう。藍、ああいう高校中退で悪趣味な女たらし崩れの言うことなんか信用するな。あいつは、俺たちの天敵だ」

「で……でも、涼さんは色黒でも下品でもないし、とってもカッコいいよ」

「だから、藍は世間知らずだと言うんだ。あんな若造の見かけに、騙《だま》されるんじゃない」

「…………」

山吹は不愉快そうに眉《まゆ》をひそめ、人差し指で眼鏡を押し上げる。アメリカ留学中に高校をスキップしてそのまま大学に進学した彼は、父親に事業を手伝って欲しいと呼び戻されるまで向こうの一流企業で順調にキャリアを重ねていた。一年前に帰国した後はすぐ取引先の社長令嬢と婚約もしたし、今までの人生負け知らずで生きてきたのだ。それだけに、プライドの高さも並みではない。

だが、自分も高校中退な紺が、鼻息を荒くしながら憤然と文句を言ってきた。

「俺、兄ちゃんの学歴重視なとこ、本当に良くないと思うな」

「紺……」

「人には事情ってもんがあるんだしさ。それを言うなら、俺だって高校中退なんだぜ？」

「い、いや……おまえと涼とは、育ちが違うだろう」

「海堂寺家が、なんだってんだ。落ちぶれて、借金しか残ってないってのに」

「それは……」

そう言われると、山吹も返す言葉がない。紺は勝ち気そうな眼差《まなざ》しを、優雅な風情《ふぜい》の碧とおろおろしている藍へ向けると再び口を開いた。

「なぁ、碧や藍も本当は思ってるんだろ？　俺たちにホストなんか無理だって」

「……そりゃあ、無理と言えば無理に決まってるよね」

さも当たり前だと言わんばかりに、碧が涼しい顔で答える。

「俺たち四人とも、海堂寺の人間だもん。ほんの数ヵ月前までたくさんの使用人に囲まれて、箸《はし》より重い物は持ったことないって顔して暮らしてたんだよ？　実際、本家の藍なんか初めは一人じゃなんにもできなかったし。自分の財布でお金を払ったことさえ、ほとんどなかったんだからね」

「だ……だって、支払いはお付きの者がやってたし……外食や買い物は、滅多にしなかったから」

「……ったく、たまんねぇな。本家って、俺たち分家からすれば雲の上だもんなぁ」

「その通り。紺みたいに口の悪い奴《やつ》は、まず跡取りにはなれないね」

やんわりと碧に嫌みを言われて、紺はぺろりと舌を出す。出自は上等だが、好奇心と独立心が旺盛だった紺は一族が通うエスカレーター式の学園を嫌い、四人の中で唯一公立の普通高校に通っていたのだ。お陰で世間知らずの藍は、彼からずいぶん一般常識を教えてもらった。海堂寺家が没落した今となっては、紺の選択は正しかったと言えるだろう。

「お父様やお母様、元気でいるのかなぁ……」

家の話が出たせいか、藍が力なくポツンと漏らした。呆れるほど小さな顔の中、見惚《みと》れるくらい大きな目が微《かす》かに潤んでいる。粗野な紺とは対照的に、仕種《しぐさ》の一つ一つがのんびりと可愛《かわい》らしいので尚更《なおさら》痛々しげだ。藍を見た人間は誰もが小動物を愛《め》でるような微笑ましい気持ちになるのだが、当の本人は自分は役立たずだと思っているので、いつも従兄弟たちの陰に隠れようとするのがタマにきずだった。

「碧のとこの春子叔母《はるこおば》様や、山吹と紺の御両親たちも、まだ連絡はつかないの?」

「さっぱりだね。兄ちゃんが必死で行方《ゆくえ》を追った結果、揃って日本を脱出したってとこまではわかってんだけど、その後がなぁ……。多分、ヨーロッパのどっかだとは思うけど……」

「だけど、ニースもサルデーニャもアントワープも、別荘は全部人手に渡ってるからねぇ。気の毒だけど、無駄な逃避行だと思うなぁ」

「碧……」

「あ、ごめん。本当のこと言って」

夢見るような瞳を持ちながら、碧の吐く言葉には容赦がない。

しょんぼりと項垂れる藍に向かって、彼はダメ押しのように先を続けた。

「とにかく、話を戻さなくちゃね。俺たちに残されたのは、置き手紙と借金だけなんだから」

「……ああ、碧の言う通りだ。とりあえず、親のことは忘れよう。世俗に疎い人たちだが、夜逃げするだけの実行力はあったんだし、なんとか生き延びて元気でいることだろう。落ち着いたら、その内に手紙でも届くさ。住所変更の手続きも、ちゃんとしてあるんだから」

些《いささ》か沈鬱《ちんうつ》な響きだったが、山吹が弟たちを慰めるように声を張り上げる。

「いくら落ちぶれたとはいえ、俺たちは海堂寺の人間だ。どんな時もその誇りを失わず、毅然として運命と闘おう。いつかは、きっと春がくる。いいな、紺、藍、碧」

「…………」

山吹が言った通り、本家の藍を始めとする四人は戦前から続く元財閥の一族、海堂寺家の人間だ。一族は海堂寺グループとして内外に数百の会社を擁し、皇族とも繋《つな》がりのある家柄と豊富な人脈を武器に長いこと日本の財界の一端を担ってきた。

しかし、一年ほど前から彼らの悪夢は始まった。

傘下の大手都市銀行がアメリカの銀行にまさかの吸収合併をされ、それを機にどんどんグループの経営が傾き出したのだ。親族のコネで固めた首脳陣が揃って無能だったのも、事態の悪化に拍車をかけた。ビジネスマンとしてそこそこやり手だった山吹は限界まで踏んばったが、所詮《しょせん》一人でどうにかできる問題ではない。一族はあっという間に没落の一途《いっと》を辿《たど》り、気がつけば膨大な借金だけが残されていた。藍たちの両親は財産のほとんどを処分して返済に充《あ》てたが、残念ながら完済までには至らず、毎日やってくる債権者の群れにノイローゼ一歩手前までいってしまった。

「俺は、自己破産の手続きを取れって勧めたんだが……」

「ダメダメ。いくら山吹の言うことでも、あの人たち先祖代々の家宝とか、財産の一部は絶対に処分しようとしないんだもん。それじゃ、破産なんて認められるわけないじゃない。弁護士だって、それらの差し押さえを逃れる手段しか頼まれてなかったんでしょ？」

「だからって、子ども捨てて逃げるなって感じじゃん。なんかズレてんだよなぁ」

紺が、いかにも嘆かわしげに吐き捨てる。しかし、それも無理はなかった。

四人の両親は本家の三人兄妹《きょうだい》だったのだが、ある日一斉に夜逃げをしていなくなってしまったのだ。子どもを連れていかなかったのは「逃亡生活を送らせるのは可哀相」との思いからだと、置き手紙に切々と書かれてあった。どうやら、残された子どもたちが路頭に迷ったり借金取りの新たな標的にされることなどについては、まったく考えが及ばなかったらしい。

「うちの母なんか出戻りだから、つくづく運がないんだよね……」

母親譲りの美貌《びぼう》を曇らせ、碧が同情たっぷりな声で呟いた。

「財産目当ての男に騙されて、やっと離縁して戻ってきたら実家は傾いてるし」

「僕、春子叔母様のこと大好きだったよ。だって、とっても綺麗だもん」

「……ありがと、藍」

「うちの父親と藍のお父上、それに碧の母上の三人は、とても兄妹仲が良かったからな。恐らく、皆で相談して一も二もなく夜逃げと決めたんだろう。幸い母親同士も幼なじみだから、全員一緒なら淋《さび》しくもないだろうし」

「そう、ちょうど今の俺たちみたいにね」

憂鬱《ゆううつ》そうな山吹のセリフに、碧は力なく微笑んだ。

親に捨てられたと知った四人の子どもは、初めのショックから立ち直った後、とりあえず力を合わせて現在の苦境を乗り切ろうと誓い合った。実際、感傷に浸っている時間などなかったのだ。債権者の目を逃れて山吹が友人の弁護士に相談をしたところ、とりあえず相続放棄をすれば借金からも解放されると言われた。

「それを聞いた時は、助かったって思ったんだけど……」

「俺たちは、つくづく甘かったよ……」

碧と山吹は声を揃え、長々と息を吐き出した。

いざ相続放棄の手続きをする段階になって、四人は愕然《がくぜん》としてしまった。なんと、彼らの親たちは逃亡前に生前贈与をすでに済ませていたのだ。債権者から守り抜いた家宝を、どうしても子どもたちに譲りたかったらしい。そんな親心が、大きな仇《あだ》となった。

その結果、藍には本家に代々伝わる日本刀と鎧《よろい》一式、碧には祖母の形見のアメジストの帯留、山吹には三つくらい抵当に入っている葉山《はやま》の別邸、紺にはガレの花器とドームのランプが残された。いずれも有難くない代物《しろもの》ばかりだったが、簡単に処分できない面倒さでは天下一品だった。

「おまけに、二千万の借金付きだ」

思い出す度《たび》に腹が立つのか、山吹が忌ま忌ましげに舌打ちをする。

借金の残高は、利子を含めて二千万円。

二十六歳の無職男（山吹）と二十三歳の元大学院生（碧）、大学と高校を中退した十九歳（藍）と十八歳（紺）には、おいそれと払える額ではない。

そんな時、四人はたまたまテレビで『仰天！ これが売れっ子ホストの生活だ！』の放送を観た。葉山の別邸や帯留や花器を二束三文でどうにか売り払い、小金を手に皆で侘《わび》しい荷造りをしている合間のことだった。

「まぁ、確かに発想は短絡的だった。それは潔く認めよう」

いくぶん気恥ずかしげに、山吹が言った。

「だけど、あの時はあまりにいろいろなことがありすぎて、俺たちは理性を失っていたんだ。冷静な判断など、下せるわけがない。どのみち、今更引き返せないだろう？ このボロ家の権利と改装費で残った金まで使い果たしたのは、一体なんのためなんだ？　皆でホストクラブを始めて、大きく儲《もう》けてやろうと決めたからじゃないか」

「兄ちゃんが、俺たちのルックスなら充分イケるぞって、やたらと張り切ったせいだろ」

「……紺、過ぎたことを言ってもしょうがないよ。実際、あのテレビは驚きだったしね。月収三百万だとか三台の外車は全部お客のプレゼントだとか、思わず笑っちゃった」

「そうしたら、山吹兄さんが〝一人三百万なら二ヵ月で借金が返せる〟って……」

「結局、俺なんだな」

巡り巡って責任を押しつけられ、山吹はますます苦い顔になる。だが、生憎《あいにく》と彼を庇《かば》ってくれる者は誰もいなかった。

なけなしの資金で最安の物件を買い取り、なんとかホストクラブ『ラ・フォンティーヌ』を立ち上げたのが今から三ヵ月前の十月。しかし、商売などズブの素人《しろうと》だった四人は、自分たちがいかに現実を甘く見ていたかをたちまち思い知った。当然のように店は連日閑古鳥、開店休業の状態が現在まで続いている。

「結局、来るのは最初の客のユリカさんだけ……と」

「あの人は、藍を可愛がってるからな。昔好きだったアイドルと似てるとかで」

「藍、いっそのことユリカさんをたらし込んで貢いでもらっちゃえよ。彼女、ナンバーワンキャバクラ嬢なんだから、けっこう稼いでんじゃねぇ？　今だって、月に二十万はウチで使ってくれてるんだし。俺たち、あの人に食わせてもらってるようなもんじゃん」

「そ、そんなのダメだよ。そんなことより、もうすぐ二十日だよ。どうする？」

「二十日……」

藍の一言で、全員がサッと顔を強張《こわば》らせた。

間もなく、恐怖の二十日がやってくる。

そう。

負債を一本にまとめた借金取りが、月に一度取り立てに顔を出す日だ。

1

「しかし、相変わらず小汚ねぇ店だな」

土足のままどっかとテーブルに足を載せ、くわえ煙草《たばこ》の松浦《まつうら》龍二《りゅうじ》が次々とわっかの煙を吐き出していく。藍が四つ目まで数えた時、ジロリと無愛想な視線が向けられた。

「……おい。なんで、いつもおまえしかいねぇんだよ。話になんないんだよ、おまえじゃ」

「そ、そう言われても……。山吹兄さんと碧はアルバイトの面接だし、紺はお腹《なか》が痛くなって休んでいて……」

「アルバイトの面接？　店はどうすんだ、とうとう諦《あきら》めたか」

「そうじゃないですけど、今月も売上げがほとんどなかったんで困ってるんです」

「売上げがほとんどない……？」

ピクリ、と龍二の片眉が動く。

「今、売上げがないって、そう言ったのか？」

「は……はい」

「おまえら、金を返す気はあんのかよっ！」

ガターンと乱暴にテーブルを蹴飛《けと》ばし、龍二が恐ろしい目付きで凄《すご》んでみせる。蒼白《そうはく》にな

った藍は、コーヒーカップを載せたトレイを持ったままオロオロするしかなかった。

分散していた借金を債権者からまとめて買い取ったのは、龍二の勤める街の金融会社だ。無論まともな会社のわけがなく、こうして月に一度やってきては僅かな現金を奪っていく。連日の取り立てに来ないのは、山吹がなんとか交渉に成功したからだ。しかし、現実には決められた額を毎月返済するのは難しく、その度に龍二は荒れて帰っていく。前回、藍が一人で応対するようになってからは、それでも物は壊さなくなった方なのだった。

「元金が二千万。おまえら、その内いくら返したと思ってんだ」

「え……ええと、龍二さんが取り立てに来るのって、今日で三回目だから……」

「二十万円だよ、二十万円。じゃあ、残金はあといくらだ？」

「え……っと……」

「一千九百八十万円だよ、バカ野郎っ」

腹立ち紛れに隣のテーブルも蹴飛ばされ、藍はビクッと身体を縮み上がらせる。そんな頼りない風情が功を奏したのか、ウンザリとした様子で龍二は立ち上がった。

「……ったく」

脅えきっている藍を見て、彼は居心地悪そうに舌打ちをする。

「何も取って食おうってんじゃないんだからよ、そういう顔すんなって言ってんだろ」

「す、すみません……」

「いちいち、びくつくなっ。俺はなぁ、おどおどした人間が一番嫌いなんだよっ」

「すみませんっ」

これでは、まるで運動部の先輩と後輩だ。

意外にも龍二はまだ若く、実年齢は碧と同じ二十三歳だったが、がっちりした肩幅や高い身長などから感じる迫力のせいか一見もっと年上に見える。だからと言って老けているというわけではないし、むしろ顔立ち自体は精悍《せいかん》な男前なのだが、いかんせん凄んでるところしか知らない藍には相手を観察する余裕なんて少しもなかった。それどころか、まともに顔を見つめたことすらない。

早く帰ってくれないかな、と床を見ながら願っていると、龍二が不意に顔を近づけてきた。

「いいか、理屈っぽい眼鏡の兄ちゃんに言っとけ」

「は……はい」

「今度という今度は、俺も黙って引き下がるわけにはいかねぇ。いつもならまた来月って言うところだが、明日同じ時間にまた来るからな。そん時、今月の返済分をきっちり返してもらおうじゃないか。俺だって、いつもいつも優しいわけじゃねぇんだ。いいか、わかったか？」

「……わかりました。山吹兄さんには、そう伝えておきます……」

「ふん」

必死で頷く藍を鼻先で笑い飛ばし、龍二はトレイのコーヒーカップを摑《つか》み上げる。吸っていた煙草を床で踏み消してから、彼はすっかり冷め切ったコーヒーを一息に飲み干した。

「ごっそさん」

ニコリともしないでカップを戻し、心持ち猫背になりながら店を出ていく。その背中を見送りながら、いっきに緊張の解けた藍はヘナヘナと手近の椅子《いす》に座り込んだ。

龍二の勤める『あざみ金融』は街で一番大きな金融会社だが、裏では法外な利子を取るヤミ金の仕事も行っている。もうすぐ日が落ちるので、恐らくこの後はそういった裏の取り立てに回るのだろう。藍も数回夜の街で彼を見かけたことがあるが、そういう時の龍二は自分たちに見せるのとは段違いの鋭い目付きをしていて、まるきりヤクザのようだった。それを思えば、藍はかなりの特別扱いをされていると言っても過言ではないのだ。怒鳴られたり脅されたりすることはあっても、暴力を振るわれたことは不思議と一度もなかった。

「……行ったか？」

「うん……大丈夫みたいだね」

「あ～あ、ひっでぇの。テーブル、歪んじゃったじゃねぇかよ」

山吹、碧、紺の三人が、真っ赤なカーテンで仕切ってある台所からひょいと顔を出す。安《あん》堵《ど》の表情で口々に何かしゃべりながら、彼らはぞろぞろと藍の前へ姿を現した。

「ご苦労だったな、藍。お陰で、今月もなんとかなったぞ」

「彼、やっぱり藍に弱いねぇ。初対面の時から俺はピンと来てたんだけど、あれは絶対に気があるね。そうでなきゃ、コーヒー一杯だけで帰らないでしょう」

「でもさ、明日また来るって言ってたぜ？」

まだまだ安心はできないと、紺が緩みかけた空気を戒める。藍は再び落ち込む従兄弟たちの様子を見て、自分も困ったように眉根を寄せた。

龍二の真意はわからないが、確かに藍が一人で応対するようになってから、あまり無体なことはされなくなっている。それだけは、紛れもない事実だった。一回目の取り立てで山吹が相手をした時など、せっかく百円ショップで揃えたグラスや皿を、ほとんど粉々にされたのだ。

ところが、その後四人で開いた親族会議の場で、碧が妙なことを言い出した。曰《いわ》く、「あの借金取り、ちらちら藍の方ばかり見てたよね」と。その鋭い一言に、そういえば……と藍を除く全員が大きく頷いた。どうやら、藍の可愛い見かけは性別の壁まで乗り越えてしまったらしい。本気で惚《ほ》れられたかどうかは別としても、気に入られているのは確かなようだ。

二回目に龍二がやってきた時、試しに藍と少しだけ二人きりにしてみた結果、皆の予想は概《おおむ》ね正解だということになった。

だが、藍が自分から「次回は最後まで一人で応対する」と言い出した時は、さすがに三人も猛反対をした。相手は限りなくヤクザに近く、繊細な藍には荷が重すぎる相手だからだ。けれど、毎回店を壊されたのでは仕事ができなくなってしまうし、一番ひ弱と思われた藍がもっとも危険な役を買って出たことは、少なからず三人を感動させた。

結局、背に腹は代えられず、藍は進んで人身御供《ひとみごくう》になったのだった。

「あのチンピラめ、生意気にジョンロブの靴なんぞ履きやがって」

「彼、顔と趣味は決して悪くないんだけどねぇ。口は悪いし乱暴だし、ちょっと苦手だなぁ」

「だから、そういう呑気《のんき》な話をしてる場合じゃないだろっつってんだよっ」

紺の一喝で、ようやく山吹と碧が口をつぐむ。藍は黙って倒れたテーブルを起こすと、龍二がつけた靴の泥を雑巾《ぞうきん》で丁寧に拭《ふ》き始めた。生まれて十九年、家はおろか学校でも掃除などしたことがなかったので、一つ一つが藍には新鮮な経験だった。

紺たちも、藍に倣《なら》って片付けを始める。おとなしくて内気な割に、藍がたまに見せる真《ま》っ直《す》ぐな姿勢はどんな言葉よりも説得力を持つのだ。紺は龍二の吸い殻を拾い上げ、まだ解決をみない問題に再び話題を戻した。

「なぁ、マジでどうすんのさ。明日は少しでも金を渡さないと、また暴れるぜ？」

「仕方がない。また藍に宥《なだ》めさせるか？」

「そう毎度毎度は無理でしょう。龍二くんだって、仕事で来てるんだし」

「……そうだな。なぁ、藍。おまえ、どう思う？」

「え……」

不意に山吹から話を振られて、藍は静かに雑巾の手を止める。龍二がおとなしく帰ってくれるのなら怖いのなんていくらでも我慢できるが、碧が言うように向こうだって商売だ。いつまでも、同じ手は通用しないだろう。

藍は少し黙ってから、おもむろに一同を見回した。

「もし借金が返せなかったら、僕たちどうなるの？」

その場が、水を打ったようにシンとなる。

誰も、何も言わなかった。藍以外の全員が表情を失い、虚《うつ》ろな眼差しで天井を見ている。

失言だったかなぁ、と藍が思った時、店の引き戸が景気よく開いた。

「なんだ、なんだ。もうすぐ開店時間だろ。音楽もかけてないのかよ？」

「……涼……」

入ってきた青年を見た途端、あっという間に山吹の顔に生気が戻る。相手は、すぐ近くで営業しているホストクラブ『ミネルヴァ』のナンバーワン、立花《たちばな》涼だった。

「一体、なんの用なんだ。ここは、男が遊びに来る場所じゃないぞ」

「山吹さん、相変わらず仏頂面《ぶっちょうづら》で愛想がないなぁ。それじゃ、男前が台無しだよ？」

「やかましいっ。とっとと出ていけっ」

山吹は日頃の彼らしからぬ剣呑さで、涼しげな顔の涼へ怒鳴りつける。

まだ四人がこの店をオープンさせたばかりの頃、冷やかしにやってきた涼にさんざんバカにされた恨みを、プライドの高い山吹は忘れていないのだ。四つも年下の彼を「天敵」と忌み嫌い、藍たちにも一切奴とは関《かか》わるなと厳命している。そんな頑《かたく》なな様子がますます涼を面白がらせているのだが、本人はそこまで気がついてはいないのだった。

「まぁまぁ、山吹さん。そうつれなくするなって」

涼の明るく色を抜いた長髪は、何百何千と同じ髪型のいるホスト界でも群を抜いて品がよく、彼の甘すぎない美貌によく似合っている。優しげな指にはクロムハーツのリングが全部で五つ輝き、洗練されたスタイルでさらりと着こなしたグッチのスーツ、裸足《はだし》につっかけたドライビングシューズまでが、いちいち嫌みなほどに決まっていた。

「なぁ、通りにまで聞こえてたぜ、あんたらの声。いよいよ借金地獄に突入なわけ？」

「そんなもん、とっくに突入してるんだよ。悪いけど」

「おやおや、紺までふて腐れた口ききやがる。この間、メシ奢《おご》ってやったのはどこの誰だよ？」

無邪気に痛いところを突かれて、うっと紺が黙り込んだ。山吹には嫌われているが、涼は意外に面倒みがよく、紺や藍にはしょっちゅう夕飯をご馳走《ちそう》してくれるのだ。

あれほど関わるなと言ってるのに、と山吹がムッとしていると、藍がすがるような声音《こわね》で涼へ事情を説明し始めた。

「明日、龍二さんがまた来るって……。どうしよう、涼さん……」

「龍二が？　藍ちゃん、本当に渡す金が一円もないのか？」

「……ないんです。ユリカさんの売上げだけじゃ生活するのが精一杯で。山吹兄さんが、いろいろ質入《しちい》れして生活費を工面してくれてるけど……」

「藍っ。余計な話をするんじゃないっ」

「へぇ……。そういや、そのロレックスだって偽《にせ》もんだもんなぁ」

「え……っ」

思いがけない一言に、藍たちの視線が一斉に山吹の手首へ集中する。

「本物が角の質屋に出てるの、一昨日《おととい》見かけたんだ。泣かせるね、山吹さん」

「…………」

ニヤニヤと涼に見つめられて、山吹はむっつりと黙り込んだ。さすがに見兼ねた碧が、珍しく不機嫌な表情で涼へ向き直る。

「悪いけど、涼くんも今日は帰ってくれないかな。冗談じゃなく、これから皆で今後の相談をしなくちゃならないんだよ。それに、そっちの店だってそろそろ開店時間でしょう」

「ああ、碧さんか。美人は、怒った顔も綺麗だね」

「涼くん……」

「はいはい、そりゃ帰ってもいいけどさ。でも、俺だって心配してんだよ？　ほら、この店のお陰でうちのクラブが引き立ってるようなもんだしさ。何なら、俺が都合してやろうか？」

「——断わる」

間髪を容れずに、山吹が申し出を撥《は》ね付けた。

「俺たちは確かに世間知らずの商売下手《べた》だが、財産は失ってもプライドはまだ残っている。おまえのような男に借りを作るくらいなら、内臓を売った方が遥《はる》かにマシだ」

「ふーん……」

断固とした口調で突っ撥ねられ、涼も少しは傷ついたようだ。微かな動揺が目に浮かんだが、しかし紡ぎ出す言葉は変わらず強気で小憎らしかった。

「今時、内臓売るよりマグロ漁船の方が実入りはよさげだけどね。でも、マジで気をつけた方がいい。あざみ金融は怖いよ？　なんせ、バックに和泉会《いずみかい》が付いてるんだから」

「和泉会……って、あの暴力団の……」

「あざみ金融の社長は、和泉会幹部の義弟なんだよ。この辺じゃ、有名な話だぜ？」

「…………」

「ま、藍ちゃんが相手なら、龍二の奴もそう無茶はしないかもしれないけどさ。あいつ自身はあくまで取り立て屋で、別にヤクザってわけじゃないんだし」

脅しすぎたとでも言うように、涼が慌ててフォローを入れてくる。けれど、大した気休めにはならなかった。どのみち、借金が返せなければ下っぱの龍二から別の人間にチェンジして、一層厳しい取り立てが始まるだけだろう。

それでも、当面の問題は明日だ。

明日の龍二の取り立てを、なんとしてもかわさねばならない。

「そんな顔するなって、藍ちゃん。大丈夫、龍二はあんたに甘いんだから」

「それ……本当でしょうか……？」

「へ？」

「僕は、いつも怖くてろくに龍二さんの顔も見られないんです。でも、皆は僕のこと気に入ってるに違いないって。怒鳴られてばっかりで、全然そんな気がしないんですけど……」

「いや、まぁ……そりゃ、奴も立場上……なぁ……」

「涼さん。それなら、やっぱり僕は……」

「藍、そんな奴に意見なんか求めるな。涼も、さっさと帰ってくれっ」

たまりかねた山吹が、苛立《いらだ》たしげに声を荒らげる。だが、今度ばかりは涼もホッとしたような顔で、縋《すが》り付く藍から急いで身体を引いた。

「わかったって。今日は俺も同伴があるからね、言われなくてももう行くよ」

「え、涼さん……」

「だから、そういう顔しないでくれって」

退散しかけた涼は、困り果てたように肩をすくめる。

だが、すぐに何事か思いついた様子で目を輝かせると、素早く藍に耳打ちをしてきた。

「……藍ちゃん。もし本気で時間稼ぎがしたいなら、なんとか龍二をたらし込めよ」

「え……」

「まがりなりにも、ホストなんだろ？　この際、性別なんて気にしてる場合じゃないって」

「こら、涼っ！　うちの藍に色目を使うなっ！」

馴《な》れ馴れしい態度に怒った山吹が、ドンと涼を突き飛ばす。彼は笑いながら右手を振ると、余裕たっぷりな様子で店から出ていった。

「まったく……やる事が、いちいち鼻につく奴だ」

「まぁまぁ、山吹。涼くんはあれで、けっこう親切なところもあるんだし」

「どこが親切だっ。藍や紺を食事で懐柔しようって腹が、みえみえじゃないかっ」

毒づく山吹を碧が宥めている横で、藍は涼の残した言葉を何度も胸で反芻《はんすう》している。それは、打つ手なしと思われた未来にかろうじて差した、か細い一条の光だった。

『本気で時間稼ぎがしたいなら、なんとか龍二をたらし込めよ』

そんな真似《まね》、本当に自分にできるのだろうか。龍二を前にすると恐怖で身体が固まり、目線すら容易に上げられないというのに。

（でも……そんなこと言ってる場合じゃないんだ……僕が、なんとかやらなくちゃ……）

もちろん、時間はいくらでも欲しい。そうすれば、山吹や碧が当座の金策に走ることもできるだろう。この数ヵ月で、質草になりそうなものはほとんど入れてしまったのだ。後は、知り合いや友人に借金を頼むしかないのだが、それだってすぐに貸してもらえるとは限らない。借りられそうな相手からは、とっくに善意の借金をしてしまっているのだから。

(時間稼ぎが、したかったら……)

なんとか、龍二をたらし込む。

残された方法は、きっとそれしかない。

「藍？　おい、どうした？　ずいぶん思い詰めた顔してるけど、大丈夫か？」

いつになく険しい顔つきの藍に、山吹がただならぬ雰囲気を感じ取る。

「どうしたんだ？　藍？」

(時間稼ぎが、したかったら——)

そうだ。取るべき方法は、たった一つ。


全力で龍二を、たらし込むのだ。


火を点《つ》けたハイライトを一本くわえると、龍二は深々と煙を吸い込んだ。

午後十時。本日の仕事は、これで終わりだ。大通りから一本外れた路地に入り、人目を避けるようにして封筒の札束をあらためていると、ふと鈍い痛みが彼を襲った。

「……ん？」

気がつけば、右の拳《こぶし》に微かに血が滲《にじ》んでいる。傷は舐《な》めておけばいい程度だが、龍二は不愉快そうに顔をしかめた。どうも最近、人を殴ってもすっきりしないのだ。

あの、ぽややんとしたお坊っちゃんが目の前に現れてからだ、と龍二は思った。

社長から言われて最初に店を訪れた時、ボロ家から出てきた場違いにきらきらした四人組に、少なからず彼は驚かされた。街で起きる大概のことには心を乱さない自信があったが、不覚にも動揺が顔に出てしまい、肝心の仕事は食器を割って数万貰《もら》うだけの不本意な結果に終わった。

あれから、今日で三度目の訪問になる。二回の取り立てで回収できたのはたったの二十万、しかも藍という生菓子でできているようなガキが出てきたせいで、龍二の調子は狂いっぱなしだ。彼は生まれて初めて、「捨てられた仔犬《こいぬ》のような目」が実在することを知った。

「二千万円……か……」

煙と一緒に、ポツリとそう吐き出す。

それは、龍二に言わせれば決して大きな額ではなかった。

表の『あざみ金融』は街金だが、取引先には意外に大手の名前が連なっている。融資の単位は数千万が普通で、だからこそ下っ端の自分に『ラ・フォンティーヌ』の仕事が回ってきたのだ。要するに、会社にとって藍たちなど小口の客でしかなかった。

けれど、龍二は激しく後悔をしている。

返済額は、毎月五十万。先方が用意した弁護士との話し合いで、ようやく折り合いのついた金額だ。三年間に亘《わた》る計画返済で、その間の利子は凍結となる。社長は当初「ふざけるな」と怒り狂っていたが、弁護士は若い割に海千山千の有名なやり手で、叩《たた》けばホコリの出る企業としてはあまり敵にまわしたくない相手だった。

ところが、その破格に恵まれた条件ですら、あの坊っちゃんどもはクリアできないのだ。ホストクラブで一発当てるなんてバカげた計画を立てて、無駄なあがきをくり返している。よそに勤めた方がよっぽど早く金になるだろうに、どうやらバラで働くのが不安らしい。

甘ちゃんどもめ、と何度も龍二は心で罵《ののし》った。

龍二は仕事上の相棒を持たず、常に単独で取り立てにあたっている。それは自分が有能であることの表れでもあったのだが、まさかこんなにてこずらされるとは夢にも思っていなかった。

「原因は、わかってんだよ」

荒々しく毒づいて、半分も吸っていない煙草を足下《あしもと》に投げ捨てる。先刻も同じように店内でポイ捨てしたことを思い出し、苦いものがぐっと胸にこみ上げてきた。

「……畜生。あのガキ、いつもいつも潤んだ目しやがって……」

「何、さっきから一人でブツブツ言ってんのさ？」

突然、親しげに声をかけられて、びくっと龍二は顔を上げる。

見れば、傍《かたわ》らに若い美女を連れたホストの涼が大通りからこちらを覗《のぞ》き込んでいた。

「なんだよ、涼か。今日は同伴か？　ほんとに、おまえだけは不況知らずだな」

「今日は二十日だろ。龍二、フォンティーヌへ行ったんだって？」

「………………」

いきなりな質問に、龍二はムッと口を閉じる。

同じ時期にこの街へ流れてきたこともあり、年の近い涼とはけっこう親しくしているが、別に友達ってわけではない。それなのに、まるで心の中を見透かされたような気分にさせられて、龍二はたちまち不機嫌になった。

「まぁ、そんな怖い顔しなさんなって。ほら、前に頼まれていたヤツ、手に入れたよ」

「え？」

「シュタイフのオーナメントベア。日本限定二千体の、シリアルナンバー入り。クリスマス仕様で時季はずれだったから、ギフトボックスはないけど勘弁しろよな」

そう言ってカシミアのコートの胸元から、涼が十センチほどのテディベアを手品のように取り出してみせる。彼の隣にいた巻き髪のお姉さんが、「可愛いっ」と歓声を上げた。

「ねぇ、小夜子《さよこ》さん。この男、借金の取り立てなんかやってるけど、本当は小さくて可愛い物が大好きなんだよね。信じられる？　家の中なんか、テディベアだらけなんだよ？」

「うるせぇよ、涼っ。それ、さっさとこっちに寄越《よこ》せっ」

「ほら、赤くなってるだろ？　あれが何よりの証拠さ」

あんまりからかうと殴られかねないので、涼はほどほどなところでテディベアを投げる。ボア付きコートに包まれた薄いピンク色の小さなクマは、飛べないくせに天使の羽根がついていた。

「おっと」

両手でキャッチしてみると、あまりの可愛らしさに思わず龍二は顔がほころびそうになる。だが、涼の手前そんな顔は死んでも見せられないので、彼は急いで渋面《じゅうめん》を取り繕った。

「ヌイグルミで済んでる内は、まだいいけどね」

「……なんだよ、涼。遠回しな言い方してないで、はっきり言え」

「じゃ、言うけど……。藍ちゃん、困ってたよ。飢え死にしそうだって」

「え……」

「だから、俺が金を貸そうかって親切に言ってやったのに、山吹の奴が断わりやがった」

「当たり前だ。おまえに借りを作るのは、俺だってご免だね。それじゃ、おまえもフォンテイーヌに行ったのか？　俺が帰った後で？」

「うん。あそこ安普請だから、外を歩いてると中の声が丸聞こえじゃん。そうしたら、いろいろ深刻な話をしてたから心配になってさ。ほら、キャバ嬢のユリカが、前から藍ちゃんを気に入ってるだろ？　彼女に取り入って、貢いでもらおうとかなんとか……」

「なんだって?」

「ま、それだけ事態が切羽詰まってるってことだよ」

「………」

そんなことを言われても、龍二には何も答えようがない。彼らが金を返さなければ、自分に無能の烙印《らくいん》が押されてしまうのだ。そんなことになれば当然ただでは済まないし、二度とこの街で働くことはできなくなるだろう。

けれど……――。

手の中のテディベアがふっと藍を連想させ、ほんの少しだけ龍二は困惑した。

「おっと、いけない。小夜子さんをほったらかしにしちゃった。じゃ、龍二。またな」

「ああ……」

半分上《うわ》の空で、美女の腰を抱いた後ろ姿を見送る。

なんだか藍が手のひらに収まっているようで、龍二はしばらくクマに見入ってしまった。


たらし込む、と決心したはいいけれど。

(それには、どうしたらいいんだろう……)

藍は、布団の中でこっそりと目を開けて呟いた。

隣では、紺の健やかな寝息が聞こえている。根がタフなのか、薄っぺらいせんべい布団にもすぐに馴染《なじ》んで、毎晩ぐっすりと眠っているようだ。反対に、もともと眠りの浅い藍はどうしても違和感が拭《ぬぐ》えなくて、なかなか眠れない夜が続いていた。

(こんなことだから、ダメなんだよなぁ。もっと、僕も強くならなくちゃ)

箱入りで過保護に育てられたせいか、世間の十九歳と自分の精神年齢には、どうやら大きな隔たりがあるようだ。そう悟った時には、さすがに藍も愕然となった。幼い頃から周囲に与えられた本や友達だけで満足し、自分から何かを知ろうとしたことなど一度もない。そのツケを、今自分は払っているのかもしれなかった。

(同じ海堂寺の人間でも、紺たちはちゃんと順応しつつあるもんなぁ)

襖《ふすま》一枚隔てた四畳半では、山吹と碧が眠っている。裸電球の明かりでも、少しも心細さは感じないと言っていた。藍から見れば、従兄弟たちは日に日に逞《たくま》しくなっている気がする。

だから、せめて自分にできることを、と思った。

死ぬ気で、龍二の応対役を買って出たのもそのためだ。

(でも、まさか色仕掛まで使うことになるなんて……)

お父様、お母様、ごめんなさい。

藍はギュッと目をつぶり、世界のどこかに逃亡中の両親に心から詫びた。

明日の夕方には、龍二が店へ来てしまう。結局具体的な案が何も浮かばず、山吹が「なんとかする」と言って紺と碧を宥めたが、何も当てがないことは不安げな顔つきを見れば一目《いちもく》瞭然《りょうぜん》だった。

それでも、と藍は思う。

しばらくの間、龍二の取り立てが穏やかになれば、まだ打てる手があるかもしれない。そのためにも、自分は是が非でも彼を誘惑しなくてはならないのだ。

ただし、藍には心配なことが一つあった。誘惑するのはいいとして、自分はキスはおろか女の子と付き合った経験もない。それに比べて龍二は立派な大人だし、きっとたくさんの女性と艶《つや》めいた経験があるだろう。そんな男を相手に、上手《うま》く事が運べるだろうか。

(僕だって婚約者くらいいたけど……会ったのは二回くらいだし、そもそも相手はまだ十四歳だったもんなぁ。そうだ、長い髪の可愛い子だったっけ……)

藍が中学の時に取り決められた婚約は、海堂寺家が没落した直後に一方的に破棄された。相手は元華族のお姫様で、確か母親の遠縁だった気がする。藍だけでなく、山吹も取引先の令嬢との婚約を勝手に白紙に戻された。自他共に認める完璧《かんぺき》な人生を歩んできた彼にとっては、恐らくかなりの屈辱だっただろう。それは、山吹の性格を考えれば想像に容易《たやす》い。

(山吹兄さん……可哀相に。昔っから女の人にモテモテで、振られたことなんか一度もないって言ってたのにな。でも……待てよ……)

そこまで考えた時、藍の中で小さな閃《ひらめ》きがあった。

(そうだ。明日起きたら、山吹兄さんに相談してみよう。兄さんなら経験豊富だろうし、相手をメロメロにする方法も絶対知ってるよ。それを、龍二さんで実践すればいいんだ！)

とにかく、絶対あいつをメロメロにしてやらなくちゃ。

そう決意を新たにすると、不思議と眠くなってきた。

藍は瞳を閉じたまま、久しぶりに安らかな眠りへと落ちていったのだった。


「え？　山吹兄さん、もう出かけたの？」

いつもより目覚めの良かった藍だが、予想外のことに顔色がサッと曇る。

「な、何時頃、帰ってくるのかな……。ほら、今日は龍二さんが……」

「うん。だから、きっと夕方には戻ると思うよ。藍、山吹に何か用事なの？」

「……そうじゃないけど……」

藍が言葉じりを濁していると、一度台所に消えた碧が目玉焼きの二つ載ったお皿を持って茶の間へ戻ってきた。付け合わせも何もない、目玉焼きオンリーのオカズだ。だが、碧の作るこの料理が、今は藍の一番の好物になっていた。

「ちょっと遅めだけど、一緒にお昼ご飯を食べようか。紺は涼くんと遊びに行っちゃったから、どこかでご馳走になって帰ってくると思うし。食パン、ちょうど二枚残ってるから」

「でも……いいの？　パン一枚だけじゃ、碧だってすぐにお腹が空《す》いちゃうんじゃない？」

「そんなの気にしない。藍と俺の条件は同じでしょ。いいから、食べなって。それに、明日からはもう少しまともな食事ができるようになるからね。今日一日だけの我慢だよ」

「どうして？」

生の食パンに半熟目玉焼きを載せ、藍が口いっぱいに頬《ほお》ばりながら尋ねる。碧はいつもの柔らかな微笑を浮かべると、綺麗な仕種でパンをちぎった。

「俺ね、日払いのバイトを始めようと思って。さすがに、ホストクラブは諦めた」

「え……？」

「ほら、今までお客さんが来なくても真夜中まで店を開けてただろう？　お陰で昼間は起きられなくて、バイトもままならなかったじゃないか。でも、もうそんな悠長なこと言ってられないし」

「碧……」

「紺も言ってるけど、ホストで儲けるなんて土台無理な話なんだよ。山吹が提案した時に俺が反対しなかったのも、今から思えば現実逃避だった気がするんだ」

「現実……逃避……」

「そう。俺はね、二十三年間何不自由なく育って、就職するのが嫌で大学の研究室に残って。まるで猫みたいに、毎日勝手気ままに暮らしていたんだよ。それがいきなりの急転直下、貧乏になるわ親は夜逃げするわ、なんだか悪い夢をみているみたいだった。だから、いくら借金が何千万、取り立て屋が恐ろしい、なんて言われても他人事《ひとごと》みたいでピンとこなかった」

「…………」

「ホストで借金返済する気なら、大手の店にでも勤めた方が現実的じゃないか。それなのに、山吹が皆で店をやろう、なんて言い出した時にうっかり賛成しちゃって。そのせいで、藍や紺にまで余計な迷惑かけちゃったね。本当にごめんよ」

「そんな……」

改まってそんな風に言われると、藍はただ首を横に振るしかできなくなる。料理一つ満足にできず、皆の足手まといになっているのは自分なのだ。それなのに、碧は「ごめんね」なんて頭を下げている。なんだか、とても悲しかった。

「山吹は彼なりに真剣なんだろうけど、発想が偏《かたよ》ってるんだよね。仕事人間で不器用だから、数字やデータを扱うのは得意でも、現実的に事を運ぶのは超絶に下手だ。まいっちゃうよ」

「でも、自分の持ち物を質屋に持っていったのは、山吹兄さんが一番多いんだよ。大事にしていた時計も全部、流しちゃったんでしょう？　皆だってこの店を開く資金にって、譲られた財産を売っちゃって、今は僕の刀と鎧しか残ってないじゃないか」

「……ん～……悪いけど、あれはさすがにお金になりそうもなかったしねぇ」

苦笑いをして、碧は藍を見つめ返す。確かに、藍が譲り受けた代物《しろもの》は一番の厄介品《やっかいひん》で、場所はとるくせに古くてボロボロなため、近所のアンティークショップの親父《おやじ》にも引き取りを断わられたほどだった。どうしても引き取れと言うなら処分金を貰う、とまで言われたのだ。

「それなら、僕や紺もバイトをするよ」

藍は、めげずにそう言ってみた。

「皆で力を合わせて働けば、なんとかなるよね？」

「そうだね。山吹がうるさいけど、もう君たちも子どもじゃないんだし。でも、とりあえずは俺と山吹が働くから。借金もそうだけど、まずはお米を買うお金が必要なんだ」

「…………」

「ありがと、藍。大丈夫だから、心配しないで」

「碧……」

待っててね、碧。

微笑む碧に向かって、藍は心の中で話しかける。

僕が、龍二さんをメロメロにする。その間に、きっと何か方法が見つかるはずだから。

「……でも、藍もやっぱり逞しくなったよねぇ」

不意に碧が話を変えて、おかしそうに顔を覗き込んでくる。一体なんの話かと首を傾《かし》げると、「その食べ方」と笑みを含んだ声で指摘された。

「昔は、目玉焼きをパンに載せて丸齧《まるかじ》り、なんて死んでもしなかったよ。上品に小さくちぎって、小鳥みたいに食べてたじゃないか」

「あ……そうか……」

「いいんじゃない、健康的で」

藍が照れ臭そうに笑う側《そば》で、碧がパンの欠片《かけら》を小鳥のように口へ運んだ。


夕方になっても、山吹はまだ戻って来なかった。

碧はバイトの面接へ出かけていて、紺はまだ涼と遊んでいるのか帰ってこない。藍だけが一人で開店準備を進め、さほどやることもないのですぐヒマになってしまった。

「なんだよ、皆しておっそいなぁ……」

ちらりとカウンターの置き時計を見ると、もうすぐ開店時間の七時になろうとしている。昨日の龍二は開店直前にやってきたのだから、今日もそろそろ顔を出す頃だ。

そう思ったらそわそわと落ち着かない気分になり、藍は深呼吸をしてスツールへ腰かけた。

「結局、いつもと同じパターンなんだな」

取り立ての日は藍だけが店に残り、他の三人は隣の台所へ身を隠している。そうして、藍と龍二のやり取りを耳をそばだてながら聞いているのだ。万が一、藍の身に危険が及んだらすぐに飛び出せるように、山吹などはいつもスーツの袖《そで》をまくっていた。

けれど、今日は単なる話し合いで終わるわけにはいかない。

我が身を呈して龍二を籠絡《ろうらく》させるため、藍は悲痛な覚悟で彼を待っている。そういう意味では山吹たちがいないに越したことはないが、やはり一人きりの心細さは隠し切れなかった。

「僕だけで大丈夫かなぁ。でも、皆の前じゃ恥ずかしくて迫ったりできないしなぁ」

不安のあまり、次から次へと独り言が口をついて出る。そうする内に、誘惑することだけで頭が一杯で、いつどこでどうやって、という具体案は少しも考えていないことに気がついた。店で龍二に迫るとなると、当然山吹たちは邪魔になるし、藍だって神聖な職場で押し倒されるような展開はできるだけ避けたい。

「あれ……？　そうなると、龍二さんが帰ってから、追いかけた方がいいのかな？」

そこまでは計画していなかった、と今更ながら藍は青くなった。

「でもでも、店で誘惑したら皆にラブシーンを見られちゃうし。それは嫌だ……」

スツールの上で頭を抱え、早くも気持ちは挫《くじ》けそうになる。

龍二を誘ってホテルに行ったらどうだろう、とふと思ったが、そんなお金はどこにもなかった。つまり、店か路上か、いずれにせよ人目など気にしている余裕はない、ということだ。

「僕、バカみたいだ……」

この期に及んで恥ずかしがるなんて、覚悟ができていない証拠だ。藍が我が身の不甲斐《ふがい》なさに肩を落としていると、ちょうど時計が七時の鐘を鳴らし始めた。

「――時間だ」

年中無休、ホストクラブ『ラ・フォンティーヌ』の開店時間。

いつもなら山吹がネクタイを締め直し、碧が気だるげな欠伸《あくび》を漏らし、紺が客引きのビラを配るために元気よく外へ飛び出している時間だ。

けれど、どういうわけか今夜は誰もいない。まるで藍の計画に協力でもするかのように、龍二が取り立てに来ると知っていながら、一人も帰ってくる気配が見られない。藍だけが、薄暗い店内に残されたままだ。

「皆、どうしちゃったんだろう……」

緊張がピークに達し、唐突に泣きたい気持ちに襲われた。

昼間、碧が淡々と話していた言葉が蘇る。

グループの経営があっという間に傾き、両親が借金を残して夜逃げをし、幼稚舎から通っていた私立の学園は大学部の授業料が払えなくて退学せざるを得なかった。その全《すべ》てが、ほんの半年ほどの間に起きた出来事で、正直言って藍もまだ信じられない気分だ。

けれど、現実には柄でもないホストクラブに身を置き、僅かな時間稼ぎに借金取りの男へ色仕掛で迫ろうとしている。そんな自分がとても惨めで、ひどくみすぼらしく感じられた。

「なんか……まずいよなぁ、こういうの……」

目の端に滲んだ涙を慌てて拭い、ブンブンと強く頭を振る。せっかく碧に「逞しくなったね」と褒《ほ》められたばかりなのに、これでは全部台無しだ。辛《つら》いのは自分だけじゃない、従兄弟たちだって同様なんだと、藍は必死になって自分へ言い聞かせた。

実際、四人一緒だから耐えられたものの、藍一人だったらとっくに世を儚《はかな》んでいただろう。山吹たちとは子どもの頃から仲は良かったが、本家と分家という隔てもあって、こんなに絆《きずな》が強くなるとは夢にも思っていなかった。

この逆境で藍が得た唯一の宝、それが彼ら三人なのだ。

「……だから、皆のためにも、僕がなんとかしなくっちゃ」

そう声に出すと、不思議と落ち着きが戻ってきた。

一人で、めそめそしている場合じゃない。自分にできることを、とにかくまずやってみよう。龍二が上手くその気になってくれるかどうかはわからないが、皆が「あいつは藍に弱い」と言っているのだから、少しは自信を持ってもいいはずだ。

「まず、龍二さんが店に来たら色っぽく見つめて……」

そこで、ハタと藍は自分の格好を見直してみた。

山吹は店ではスーツを着ろとうるさいが、童顔なのと身体の線が細いのとで、藍にはどうしてもかっちりしたスーツが似合わない。仕方がないので、色の綺麗なインナーにデザイナーズの大きめなシャツを羽織り、山吹の目が光っている時だけ上からジャケットを着ることにしていた。それなりにシンプルで品の良い組み合わせではあるが、いかんせん色気に欠ける点は否めない。

「だけど……色気のある服って、どんなのだろう？」

胸元をはだけさせたシャツとか、腰のラインがはっきりでるパンツとか。思い浮かぶ限りの格好を考えてみたが、どれも藍には無謀な組み合わせだ。いつも小綺麗でお洒落《しゃれ》な涼は、本人の資質が色っぽいのであって、決して露出が多いわけではない。

「まさか、ユリカさんみたいな超ミニを着るわけにもいかないしなぁ」

それでは龍二をそそるどころか、反対に逃げ出されてしまうだろう。冗談はさておき、龍二に嫌われることだけは、決して避けなければならなかった。

「おっそいなぁ……」

時計は、もう七時十分を過ぎている。

藍は深々とため息をつき、セロファン越しの青い照明の下で大きく伸びをした。

――と。

背後でカラリと引き戸の音がして、一月の凍《い》てついた空気が入り込んでくる。

藍は何気なく振り返り、膝丈《ひざたけ》のレザーコートにワークパンツを穿《は》いた、昨日よりもずっとカジュアルな格好をした龍二の姿を見た。

「あ……っ……」

「約束だ。今月分の五十万、さっさと払ってもらおうか」

「あの……い、いらっしゃいませ……」

マヌケな返答をしながら、藍は慌てて立ち上がる。龍二は相変わらず険しい目付きで、値踏みでもするかのようにこちらを睨《にら》みつけていた。

「おい。また、あの兄ちゃんたちは留守なのかよ」

「すみません……」

「気に入らねぇな。俺の相手をおまえに押しつけて、あいつらいつも何してやがんだ」

そう言って吸っていた煙草をギュッと壁に押しつけると、そのまま無造作に床へ投げ捨てる。いつもは黙ってそれを見過ごす藍だったが、何故《なぜ》だか今日は我慢ができなかった。

「ポ……ポイ捨ては、良くないですっ」

「ああ?」

「煙草です。龍二さん、いつも僕の店に吸い殻を捨てていくじゃないですか。あれ、困るんです。はっきり言うと、め、迷惑なんです。ちゃんと拾って、灰皿に捨ててくだ……」

「そういう文句は、金をちゃんと払ってる奴が言うもんなんだよ」

不意に目の前まで詰め寄られ、藍は恐怖で言葉を失ってしまう。このまま貧血を起こすのでは、と思われたが、ぐらりと視界が揺れたのは龍二に二の腕を掴まれているせいだった。

更に顔が近づけられ、藍は初めてまともに龍二と目を合わせる。

胸の鼓動が加速をつけて、内側から藍の身体をドンドンと叩き続けた。

「おまえ……」

「え……？」

「泣いて……たのか？」

「………」

しまった。不覚だった。

先ほどの涙で、目が赤くなっていたようだ。藍は、こみ上げる恥ずかしさに頬を染める。射ぬくような視線が痛くて思わず俯《うつむ》くと、今度は顎《あご》を掴んで乱暴に引き上げられた。無理やり瞳を合わせられ、身体が小刻みに震え出す。

けれど、それは決して恐怖からではなかった。

「メシ、食ってんのかよ」

空耳だろうか。ひどく場違いな質問が、龍二の唇から零《こぼ》れてくる。

藍は顎を取られたまま、龍二は一体何を考えているんだろう、と不思議に思った。

「おい、聞いてんのか。メシ食ってんのかって……」

「た、食べてます。今日も、パンと目玉焼きを食べました」

「……小学生か？」

「碧の目玉焼きは、すっごく美味《おい》しいんです」

呆れたような声に、ムッとして言い返す。その時、まともに龍二の顔が目に入った。

昨日、碧が「顔と趣味は悪くない」と言っていたのをボンヤリと思い出す。

確かにカッコいいな……と、素直に思った。きつい眼差しに反して、その目が思いがけず優しい色をしていることにも内心かなり戸惑った。

「あの……」

どうしたんだろうか。声が上ずる。

目の前の龍二が、まるきり知らない人間に見える。

「あの、僕……」

一度相手を意識してしまうと、自分の置かれている状況が猛烈に恥ずかしくなってきた。

龍二の瞳に映る自分は、完璧に途方に暮れた顔になっている。

「僕は……その……」

何してるんだ、と藍は心で自分を叱咤《しった》した。顎を取られて怖《お》じけづいているようでは、せっかくの決心が無駄になる。幸いまだ他の三人は帰ってきていないし、龍二の方からこんな近くにまで寄ってきてくれたのだ。これを利用しない手はないだろう。

「僕……は……」

無意識に、唇が震え出した。

龍二の目が、訝《いぶか》しげな色に変わる。

次の瞬間。

藍は一大決心を胸に、自分から龍二の胸へ飛び込んだ。

「お、おいっ、おまえ……っ……」

「――抱いてください！」

「はぁっ？」

「いいから、黙って僕のことギュッてしてくださいっ！」

羞恥《しゅうち》で死にそうになりながら、藍は必死で大声を出す。予想外の行動にかなり面食らったのか、龍二は意外にもおとなしく腕を広げると、ゆっくりと抱きしめてきた。

「これで……いいのかよ……」

「い……いいです」

鼻息も荒く頷き、しばらく龍二の厚い胸板に小さな顔を埋《うず》める。

さあ、次はどうしよう。

早鐘《はやがね》のように鳴り続ける心臓は、きっと相手にも気づかれているに違いない。間を空《あ》けずに次の手を打たなくては、龍二が冷静さを取り戻してしまう。

さあ、次は――どうしよう……。

「おまえさ……」

藍を腕に抱いたまま、ポツリと龍二が呟いた。

「金ができたら、まず一番に肉を食えよ」

「え？」

「俺、こんなに細くて薄い身体抱いたの初めてだ。おまえ、まがりなりにも男なんだろ。この先、こんなんでどうすんだよ」

「こ、こういう身体、嫌い……ですか……？」

思わず不安になって、上目遣《うわめづか》いで問い返す。黒目が再び潤むのが、自分でもよくわかった。拒否されるかもしれない、と感じた瞬間、自分でも滑稽《こっけい》なほど悲しくなった。

「僕、貧乏になる前からこんな感じで……。お肉とか嫌いじゃないんですけど、もとからどっちかというと魚派だし。あの、うちで雇ってたコックがマルセイユ出身だから……」

「そんなこと、どうでもいいんだよ」

ウンザリした顔で、途中で話を遮《さえぎ》られた。

「別に、そう嫌いでもねぇよ」

「良かった……」

「……変な奴」

笑みを含んだ言葉の後で、背中に回った腕に力が込められる。

龍二の顔がゆっくりと近づき、煙草の香りが藍の鼻腔《びこう》をくすぐった。

自然と閉じた瞼に影が差し、温かな吐息が唇に降りかかる。

「……ん……」

柔らかな感触が唇を塞ぎ、あっという間に離れていった。一瞬のことに藍は戸惑い、夢見心地で瞳を開く。視界一杯に龍二の顔が映り、次の言葉を紡ぎ出す前に再び唇を重ねられた。

「う……んん……」

熱いため息が全身に広がり、藍は軽い目眩《めまい》に襲われる。龍二は深く浅く口づけをくり返しながら、少しずつ唇を蕩《とろ》かせていった。僅かな隙間《すきま》から潜り込んできた舌は、普段の荒々しさとは別人のように繊細で、脅える藍の舌を優しくからめ取っていく。

いつしか龍二の手は背中から離れ、両頬を大きな手のひらで包み込んでいた。

「りゅ……じさ……」

キスをどこで止《や》めたらいいのかわからなくて、息継ぎの合間に名前を呼ぶ。それが新たな熱を呼んだのか、火傷《やけど》しそうな激しさで幾度も藍は口づけられた。

脈打つ強さはどんどん激しくなり、頭の芯《しん》がぼうっと霞《かす》んでくる。龍二のキスはなまめかしく藍を煽《あお》り、溢《あふ》れる吐息は次第に湿り気を帯びてきた。

長い口づけに力を奪われ、耐え切れなくなった藍はがっくりと床に両膝をつく。龍二が倣ってそっと膝を落とし、藍の頭を引き寄せて強く抱きしめた。

「龍二……さ……ん……」

ため息の代わりに小さく呼びかけると、すかさず右の耳たぶを甘噛《あまが》みされる。ぞくりと背中を快感が駆け抜け、藍の体温はたちまち沸点まで上昇した。熱くなった身体を知られたくなくて慌てて離れようとしたが、その前に世界がぐるりと一回転する。そっと薄目を開けてみると、薄汚れた天井と青いセロファンのコントラストが視界に映った。

「え……？」

背中に、ひんやりと固い床の感触。

押し倒されている、と気がついた時には、龍二の右手がインナーの裾《すそ》をたくし上げ、そこから侵入しようとしているところだった。

「ちょ……っ……ちょっと、ちょっと待って……」

「なんだよ？」

「え、だって、その……そんな、そういうの……」

「日本語話せよ、わけわかんねぇ」

「……ご、ごめんなさい……」

上から不機嫌そうに見下ろされると、抵抗すらできなくなる。怖いからではなく、自分が本気で嫌がっていないことを、すでに知られてしまっているからだ。

普段後ろへ流している前髪が乱れていて、野性味溢れる龍二の容姿は見惚れるほど色っぽい。藍は呑気にも「カッコいい……」なんて心で呟いてしまったが、気がつけばそんな感想など抱《いだ》いている場合ではなくなっていた。

「あ……っ……」

微熱に湿った指は少しのためらいも見せず、滑らかな肌をまさぐり始める。吸いつくような指先の愛撫《あいぶ》に、藍は耐え切れずに身をよじった。その初々《ういうい》しい反応を見て、龍二の優しく微《わ》笑《ら》う気配がする。

どうしよう、と熱くなった頭で藍は考えた。

この状況は思惑《おもわく》通りだが、想像よりも早い展開に正直目が回りそうだ。ラブシーンはもっと情緒たっぷりに、時間をかけて盛り上がっていくものだと思っていたけれど、人によって千差万別だということなのだろう。それは、今後の得がたい勉強にもなった。でも。

「……んっ……」

親指の腹で胸の先端を擦《こす》られた瞬間、自分とは思えない声が出る。床の冷たさも青いセロファンも、どこか違う世界に消えてしまったようだ。藍は熱にのぼせた顔を見られたくなくて、龍二から逃れようと小さくもがいた。

「——逃げんなよ」

「で、でも……」

「おまえから、誘ったんだろ」

「さ……誘ったっていうか……」

もちろんそのつもりではあったが、本音を言えば「いつ」「どこで」「どうやって」龍二をその気にさせられたのか、藍にはさっぱりわからない。気がついたらキスをされ、床に押し倒されていたのだ。言葉では「抱いてくれ」と口走ったが、それだけで龍二が動いたとも思えない。

「あのなぁ、興ざめするだろうが」

尚もジタバタしていたら、愛撫の手を休めて龍二がため息をついた。

「頼むから、今にも死にそうな顔するな」

「そ……そんなこと、言われても……」

「まさか、初めてってわけじゃないんだろう？」

「…………」

「……嘘だろ……」

龍二の眉間《みけん》に、複雑な皺《しわ》が寄る。

こんなに困った顔をした彼を、藍は見たことがなかった。

横たわる藍の身体を跨《また》ぐようにして、龍二は両膝をついている。やがてのろのろと上半身を起こした彼は、毒気を抜かれた様子で深く腕組みをした。

「ど、どうしたんですか……」

「呆れてるんだよ」

取りつく島もない調子で言われ、しゅんと藍は項垂れる。初めてだと何がいけないのか、もう少し突っ込んで聞いてみたい気持ちもあったのだが、とてもそんな雰囲気ではなかった。

「おまえ、何歳だっけ？　十六？　十七？」

「十九です」

「……おい、勘弁してくれよ。どの面下げて、十九だって言い張る気なんだ。どう見ても、高校生がいいとこじゃねぇかよ。じゃあ、女の方は経験済みなんだな？　そうだろ？」

「ぼ……僕は、他人とエッチなことなんかしたことありません」

「………………」

「本当です。キスだって、今が初めてなんです」

今更嘘をついても仕方がないので、藍は素直に告白した。抱く気が失《う》せたのなら早く上からどいてくれないかな、とも思ったが、何故だか龍二は動こうとしなかった。

やっぱり、自分に色仕掛なんて無理だったのだ。

藍はすっかり落ち込んでしまい、自分から起き上がる気力もない。相変わらず鋭い眼差しが上から注がれていたが、半ば自棄になっていたせいか、さっきほど緊張はしなかった。

「おまえって、変な奴だな」

「それ、さっきも言ってました」

「なんで、俺を誘おうなんて思ったんだよ。それで、取り立てがチャラになるとでも思ったんじゃないだろうな？　言っておくけど、おまえに二千万払うほど俺はバカじゃないぜ？」

「そんなこと……か、考えてません……」

あくまでシラを切り通すことに決め、澄ました顔を取り繕う。けれど、否定しただけでは説得力に欠けると思い直し、龍二を見上げながらもう一度口を開いた。

「僕、龍二さんが好きなんです」

「………」

「今まで、龍二さんみたいな人と出会ったことがなくて。なんだか、気がついたら好きになってたんです。最初は男同士だから諦めようって思ってたんですけど、やっぱりちゃんと告白しないと絶対に後悔すると思って……。龍二さんが二日続けて来るなんて初めてだから、チャンスは今日しかないって一大決心して待ってました。だから、下心なんか何もありません。本当です」

「おまえ……」

「信じてください――好きなんです」

不思議だった。

熱心に「好きだ」と口にしていたら、まるで本当の告白をしている気分になってきたのだ。藍の瞳は自然と熱を帯び、声音は真剣な響きを持ち始める。けれど、少しも変だとは思わな

かった。

「龍二さん、僕のこと嫌いですか?」

「嫌い……って……」

「ちょっとくらいは、好きですか? だから、僕にキスしたんですか?」

「おいおい……」

「僕、頑張ります。何も経験ないけど、頑張りますから」

「また、そういう目しやがって……」

熱意が通じたのか、心なしか龍二は赤くなったようだ。

明るくなった目の色を見て胸をなで下ろした瞬間、目の前が龍二で一杯になった。

「り、龍二……さん……?」

「俺も、ヤキがまわったよ」

「え……」

「据《す》え膳《ぜん》のガキ、それも男に手を出しそうになるなんてさ」

微笑みの形のまま、唇が近づいてくる。

その熱も柔らかさも、理性を蕩けさせる魔力を持ったものだ。

藍の鼓動が、再び切なく高鳴り出した。

重ねた唇から流れ込んでくる、音にならないささやき。それを、もう一度聞きたいと思う自分がいる。

「龍二さん……好き……」

藍は自ら唇を開き、龍二の口づけを進んで受け入れようとした――が。

「このチンピラ！　藍に何するつもりだっ！」

突然、店内を揺るがすような怒声が響き渡り、甘くなりかけた空気を一瞬で蹴散らした。

龍二は弾《はじ》かれたように藍から離れると、険しい顔つきで開け放たれた引き戸を振り返る。続けて藍も慌てて上半身を起こし、怒りに震えて仁王立ちしている山吹の姿を認めた。

「や、山吹兄さん……。あの、違うんだよ。そうじゃなくて……」

「この野郎、藍はまだ未成年だぞっ！」

「……兄ちゃん、冷静になれってば。この場合、未成年よりも性別にこだわるべきだろ」

「紺、それは今更じゃない？　藍が気に入られてるって、そういう意味を含んでるもん」

「やっぱ、そうなのか……。藍って、昔から老若男女問わずに好かれてたもんなぁ」

緊迫感のないやり取りをかわしながら、山吹の後ろから紺と碧が揃って顔を出す。二人は山吹に比べればまだ冷静だったが、それでも藍の乱れた着衣に目を留めると痛ましそうな顔になった。

「藍、乱暴はされてないんだね？」

一触即発の山吹と龍二の脇を通りすぎ、碧が狼狽《ろうばい》する藍のところまでやってくる。彼はさっと目線で藍の無事を確かめると、ホッとしたように両肩から力を抜いた。

「――ごめんね、皆して遅くなって」

「う、うん……」

「出張百円セールの面接受けたら即採用になって、そのまま派遣先でバイトしてたんだよ。それでも店の開店時間までには帰れると思ってたんだけど、混《こ》んでてなかなか終わらなくて。紺はずっと涼くんに引き止められてて、やっと帰ってきたところだって言うし……」

「そうだったんだ」

「駅でばったり紺と山吹に会って、藍が一人だってわかったから。これでも、三人で大急ぎで走ってきたんだよ。そうしたら、君が龍二さんに押し倒されてたってわけ」

「…………」

話をしながら碧はてきぱきと藍の服の乱れを直し、シャツや髪についた埃《ほこり》を払っていく。優美な美貌は相変わらず見惚れるほどだったが、その瞳には声音とは裏腹な厳しい光を宿していた。

「ねぇ、藍」

「……何？」

「君の気持ちは有難いけど、身売りをしようなんてバカな考えだよ」

「な……何を言ってるのか……」

「そうやって、とぼけないの。龍二さんの気を惹《ひ》いて、俺たちが金策に走る時間を稼ごうとしたんでしょ。そうでもなければ、男の子の君がいきなり押し倒されたりするもんか。可愛いって思う気持ちと肉欲を結びつけるには、何かのきっかけが必要なんだからね」

「え……えっと、それは……」

「それ、本当か？」

上手くごまかせずにいる藍に、睨み合っていた山吹と龍二がサラウンドで尋ねてくる。だが、先に詰め寄ってきたのは龍二の方だった。

「おまえ、やっぱり……そうなのか？　おい、どうなんだよっ」

「それは……その……」

「ちゃんと言えよっ！　てめぇ、言わねぇと今すぐここで犯すぞっ！」

冗談じゃない、と山吹は青くなったが、駆け寄ろうとしたところを立ち上がった碧に止められる。二人の真剣な表情から、勢いや駆け引きだけではない何かを、碧は敏感に感じ取ったのだ。

藍は龍二の激しさに圧倒されながら、それでも必死な思いで答えた。

「……ごめんなさい。僕、龍二さんに嘘をつきました」

「なんだと……」

龍二の顔色が、サッと蒼白になる。

刺すような痛みが胸を襲い、藍はつっかえつっかえ唇を動かした。

「今日、僕たち短い時間の中で、今までの何倍もたくさん話をしましたよね。あの話で、僕はたった一つだけ龍二さんに嘘をつきました。年齢も、エッチな経験がないのも、うちで雇っていたコックがマルセイユ出身っていうのも本当だけど……」

「けど？」

「……龍二さんを、好きだって言ったのは……嘘です……」

「…………」

「碧が言った通り、僕は時間稼ぎがしたかったんです。嘘ついて、本当にごめんなさ……」

最後まで言い終わらない内に、藍は思い切り乱暴に突き飛ばされる。不意を衝《つ》かれた細い身体は壁まで転がっていき、テーブルと派手にぶつかった。

紺が色めきたって「何すんだよっ！」と怒鳴るのが聞こえる。それを合図に山吹が龍二に飛びかかり、近くのスツールが幾つも引っ繰り返った。取っ組み合う気配や、紺の興奮して囃《はや》し立てる声。碧が真っ青な顔をして、こちらへ駆け寄ってくるのが見える。

やめてくれ、と藍は言おうとした。

龍二は何も悪くない。浅はかな考えで、彼を騙そうとした自分が悪いのだ。

キスをして抱きしめてくれた龍二は、とても優しかった。お願いだから、彼を責めないで欲しい。悪いのは自分で、龍二の笑った顔はうっとりするほど素敵だった。だから……。

極度の緊張がとうとう限界に達したのか、藍はそのまま起き上がれなかった。自分を呼ぶ声が段々と遠くなり、視界がボンヤリと薄暗くなってくる。

貧血だ……と思った瞬間、意識がプツンと途切れてしまった——。


バカだった。

正真正銘、本当に自分は大バカ者だった。

皆のために良かれと思ってしたことなのに、却《かえ》って龍二を怒らせる結果になるなんて。

(やっぱり、僕は役立たずだ……。あんなにあっさり、碧に見抜かれちゃうなんて……)

自己嫌悪で一杯の藍は、どこかへ消えてしまいたいと本気で願う。「本当か?」と詰め寄ってきた時の龍二が見せた、僅かに狼狽《うろた》えたような瞳が余計に罪悪感をかきたてた。

(ごめんなさい、龍二さん……。僕は、あなたを騙そうとしたんです。ごめんなさい……)

謝って許してもらえるとは到底思えないが、藍は心の中で何度もくり返す。唇にはまだキスの余韻が鮮やかで、「ごめんなさい」と呟く度に切なく疼《うず》いたが、まんまと恥をかかされた龍二の心情を考えれば痛みの内には入らないと思った。

「……藍。藍ってば」

「ん……」

「藍、しっかりしろ。大丈夫か、藍っ」

遠く近くなりながら、次第に意識が現実へ戻ってくる。複数の人間から名前を呼ばれ、それは次第にはっきりした音となって藍の耳へ流れ込んできた。

「あ、兄ちゃん。藍、目が覚めたみたいだよ」

「そう、俺とおまえの部屋だよ。俺がわかるか、藍？　紺だよ？」

「こ……こは……家……？」

「龍二さんは……」

「安心しろ。あんな男、とっくに追い払ったからな。俺が溜《た》まっていた三ヵ月分の返済金を叩き返してやったから、さすがにグウの音《ね》も出なかったさ。ふん、ざまあみろだ」

隣の紺を押し退《の》けて、山吹が勝ち誇った声を出す。だが、端整な顔は見事に痣《あざ》と傷だらけだし、眼鏡はいつの間にか姿を消していた。おまけに、自慢の高価なスーツは皺くちゃで、大切にしていた金のカフスボタンが片方取れている。

「山吹兄さん、その格好……」

「ああ、気にするな。ちょっと、久しぶりに暴れただけだ」

「そっか……僕、お店で貧血起こしたんだっけ……」

ようやく事態が飲み込めてきた藍は、布団の中からぐるりと三人を見回した。

「皆、心配かけてごめんね。だけど、今日のことは龍二さんが悪いんじゃないんだよ。碧が言った通り、僕が彼に迫ったんだ。だから、あの人が怒るのは当たり前で……」

「藍、もうあんな変態野郎のことは放《ほう》っておけ」

どうでもいいと言わんばかりに、山吹がポンポンと布団の上から軽く叩く。すると、再び身を乗り出してきた紺が弾んだ調子で藍に報告をした。

「なぁ、聞いてくれよっ。兄ちゃんが、金を調達してきたんだっ」

「お金を……？　山吹兄さんが……？」

「そうなんだよ。畜生、藍にも見せてやりたかったなぁ。兄ちゃんと龍二さん、おまえが貧血起こした途端に殴り合いになってさぁ、でも腕力だと勝負がなかなかつかなかったんだ。そうしたら、兄ちゃんの方がいきなり胸ポケットから封筒を取り出して、ここに百三十万あるから持っていけって、向こうにビシッと叩きつけたんだぜ～っ」

「俺は、龍二さんと互角に殴り合っただけでも、大したものだと思ったけどね」

「碧、あんまり俺を見くびるなよ。これでも、大学時代は拳闘部《けんとうぶ》だったんだ。大会でも、けっこういいところまでいったんだからな」

「へぇ……人は見かけによらないねぇ……」

珍しく碧が感心してみせたので、山吹は満更でもない笑みを浮かべている。昔から頭が良くてなんでも器用にこなす男だったが、クールな容貌に反してけっこうおだてに乗りやすい。

そんな見た目と性格のギャップが、彼の愛すべきところでもあった。

「でも、山吹兄さん。そんな大金どうしたの……？」

紺は無邪気に喜んでいるが、藍は不安で仕方がない。

確かに山吹は今朝早くから出かけていたが、昨日の段階では決して当てがあるようには見えなかった。それなのに百万以上も都合してくるなんて、どう考えても普通じゃない。

「そうだよね、俺も、その点はちゃんと訊《き》いておきたいな」

「な、なんなんだ、碧まで。俺のこと、尊敬したんじゃなかったのか」

「それとこれとは話が別でしょ。藍だって、心配してるじゃないか」

碧は柳眉《りゅうび》をひそめると、生真面目《きまじめ》な顔で山吹へ迫った。

「さぁ、教えてよ。その百三十万円は、一体どこで都合してきたのさ？」

「い……いいじゃないか、どこだって。別に、やましい金じゃないんだから」

「やましくないなら、ちゃんと言えるでしょう。今の俺たちには、かなりの大金なんだし」

「…………」

「――山吹。言わないと怒るよ？」

声音はどんなに柔らかくても、碧は怒らせるとかなり怖い。

厳しい追及の眼差しを避け、山吹はしばらく決まり悪そうに視線をさ迷わせていたが、とうとう観念したのか天井を見ながらボソリと白状した。

「……借りたんだよ」

「誰から？　まさか、サラ金とかじゃないだろうね？」

「そうじゃない。ちょっと……美鳥《みどり》物産へ行って来ただけだ」

「美鳥……物産……」

耳慣れた大手企業の名前を聞いた瞬間、碧だけでなく、藍や紺までもが思わず鼻白《はなじろ》む。

しかし、それも無理はなかった。何故なら、美鳥物産の社長令嬢こそが山吹の元婚約者であり、海堂寺家が傾いたと知るや真っ先に破談を申し入れてきた相手だったからだ。そんな薄情な人間のところへ、山吹は借金の申し込みに行ったことになる。

「一体、どうして……」

やがて、碧が呆然と呟きを漏らす。

プライドが高く自信家な山吹にとって、恐らくそれは「死ね」と言われるよりも辛い選択だったのに違いない。それがわかるだけに、三人は上手く口がきけなかった。

「な、なんなんだよ、おまえたち。藍はともかく、碧までなんで辛気臭い顔をするんだっ」

「だって……まさか、美鳥物産に行くなんて夢にも……」

「……仕方がないじゃないか。他には、もう当てがなかったんだ。それに、先方も百万ちょっとで御縁が切れるならって喜んでたしな。向こうはもう新しい縁談が決まっているようだから、今更婚約の話を蒸し返されるのは、絶対に避けたかったんだろう」

「山吹……」

「いいか、おまえたち。金輪際《こんりんざい》、俺の前でそういう惨めな顔をするんじゃない。海堂寺家の人間としてのプライドは大事だが、その前に飢え死にしたらシャレにならないだろう。大体、内気な藍があの野蛮なチンピラに身売りまでしようとしたんだぞ。間に合ったから良かったものの、もしあのまま藍が奴と寝ていたら、俺は一生自分が許せなかったに違いない」

「ごめん……ごめんね、山吹兄さん……」

他に何も言葉が思いつかなくて、藍は潤んだ声を喉《のど》から絞り出す。謝りながら、なんだか山吹が本当の兄になったような気持ちになっていた。

そうなのだ。大きな邸宅で使用人にかしずかれて育った藍にとって、山吹の存在は父や母よりもずっと近しい『家族』だった。彼だけでなく、いつの間にか碧も紺も大切な兄弟になっていた。

「山吹兄さん……ありがとう……」

「――藍」

布団から弱々しく伸ばした両手を、山吹が頷きながら強く握り返す。紺が「熱血してるなぁ」といくぶん引き気味に呟くと、すかさず碧がシッとたしなめた。

「とにかく、当座はなんとかなったんだ。もう、あの男に指一本触らせるんじゃないぞ」

「で、でも……」

「悪いことは言わないから、あいつには気をつけろ。何せ、けっこうマジだったからな。おまえに騙されたと知って、本気で怒っていたのがその証拠だ。可愛い藍があんな男の毒牙《どくが》にでもかかったら、俺はおまえのご両親に申し訳が立たないよ」

「そんなに……龍二さん、怒ってたんだ……」

サッと暗くなった表情には気づかず、山吹は更に吐き捨てる。

「ふん、変態のロリコン野郎めっ。心配するな、藍。いつか俺が殺してやるからな」

「……なぁ、碧。藍が相手でロリコンってのは微妙だよなぁ？」

懲りない紺が、再びこっそりと碧に耳打ちをする。

碧はなんとか笑いを堪《こら》えると、「藍、可愛いからねぇ」と神妙に答えた。


寒空の下で長身の男が二人、枯れた噴水の縁に並んで腰を下ろしている。まだ宵闇《よいやみ》には少し早く、繁華街の中心に作られたこの待ち合わせ広場は、彼ら以外ほとんど人影も見えなかった。

「そっかぁ……」

コートから革靴まで全身をプラダで固めた涼が、舐めていたソフトクリームから目線を上げる。

「昨日、藍ちゃん見事に失敗したのかぁ……可哀相になぁ」

「……おい。もしかして、おまえが奴をそそのかしたんじゃねぇだろうな」

「どうして、俺が？　なんのメリットもないのに」

「わかるもんか。おまえ、あの四人組が気に入ってるだろう。余計なこと吹き込んで、面白がる魂胆なんじゃねぇのかよ」

「そうやってさ、誰彼構わずにすぐ凄むの、龍二の悪い癖だよ？」

「うるせぇな、ほっとけ。それが俺の商売なんだよ」

不機嫌そうに煙草を吹かしながら、龍二が忌ま忌ましげに曇り空を見上げた。左頬には大きめの絆創膏《ばんそうこう》が貼ってあり、唇の端も色が赤紫に変わっている。山吹と派手なケンカをした名残《なご》りが、翌日になってから表れたのだ。昨晩の『ラ・フォンティーヌ』の騒ぎはあっという間に街の噂となっており、早速好奇心をそそられた涼から呼び出されたのだった。

「寝てるとこ起こしちゃって、悪かったね。ま、たまには男とデートもいいもんだろ？」

「しょうがねぇ。おまえには、まだクマの代金を払ってなかったからな」

「強がり言っちゃって。本当は、けっこう傷ついたんじゃないの？　龍二が藍ちゃんを気に入ってるのは、周知の事実なんだからさ。しかし、藍ちゃんの誘惑ってのはどんなもんかねぇ。俺、全然想像つかないんだけど、百戦錬磨の龍二がふらっときたんだから、あれでけっ

こう小悪魔系……」

「てめぇ、ぶっ殺すっ！」

弾かれたようにコートの襟《えり》を摑み上げ、龍二が鋭い視線で睨みつける。涼はやれやれとため息をつくと、食べかけのソフトクリームを手近なゴミ箱へ放り投げた。

「型が崩れるから、離してくれる？」

些かも動じずに龍二の手を振り払い、何事もなかったような口調で涼は言った。

「とりあえず、三ヵ月分も回収できて良かったじゃない。社長のご機嫌、取れただろ？」

「バカ言うなよ、たった百数十万ぽっちで。早いとこ全額回収のメドをつけないと、あいつらどころか俺だってやばいさ。もう、今までみたいにチンタラやってる場合じゃないんだ」

「どうするつもり？」

「決まってるだろ。俺に身売りする覚悟があるんなら、もっと金になる場所で働いてもらえば済むことだ。あの四人は揃ってピントがズレてるが、ルックスだけは粒揃いだからな」

「ま、女の子だったらとっくにソープ行きだよね。でも、マジで？　藍ちゃんも？」

「………………」

龍二は、答えない。不味《まず》そうな顔で、ひたすら煙草を吸っているだけだ。その沈黙に、涼は意外に彼の傷が深かったことを知って、なんだかこそばゆいものを感じていた。

確かに、「龍二をたらし込め」とそそのかしたのは俺だけどさ。

涼は、複雑な気持ちになりながら乱れたコートの襟を手早く直す。藍が本気で迫った時、はたして龍二がその気になるかどうか。それは、涼にとっても興味深い実験になるはずだった。今まで龍二が付き合った女を少なくとも両手分は知っているが、その誰とも藍はタイプが違う。それなのに、藍を前にした龍二は明らかに落ち着きがなく、いつも居心地の悪そうな顔でそそくさと逃げるのだ。その理由がなんなのか、これでわかるんじゃないかと密かに期待していた。

（でも、思ってたより重症……）

こんなの、自分の知っている龍二じゃない。気が荒くて短気で、一人の女と三ヵ月ももたない不誠実な男。借金の取り立てでも容赦がなく、まだ下っ端だが社長の覚えもめでたい。それなのに、よりによって男の子相手にこんなに傷ついた顔を見せるなんて、全身がかゆくなるほどの純愛じゃないか。

（まさか、大マジで藍ちゃんに惚れてるとはなぁ）

たとえ龍二が否定したとしても、これでは疑う余地もない。涼は一つため息をつくと、見知らぬ友人に面白くない気分で口を開いた。

「なぁ、龍二。今更だけど、なんで藍ちゃんを拉致《らち》らなかったんだよ。店で押し倒したりしたら、邪魔が入るの当然じゃん。後で騙されたって怒るなら、やれる時にやっておきゃ良かったんだ」

「拉致る？　そんな面倒なことできるかよ。ちょっと魔が差しただけなんだから」

「へぇ、負け惜しみ言ってるよ」

涼の憎まれ口にも、龍二は反応しない。なんだよ、と文句をつけようとしたら、彼はブルゾンのポケットから、おもむろにクマの絵が付いた平たい缶を取り出した。

「それ……何……？」

「携帯灰皿だよ。ここ、灰皿ねぇだろ」

半分だけ吸った煙草を丁寧に揉《も》み消す姿を見て、ますます涼は奇妙な顔になる。女性受けを狙《ねら》って彼自身ポイ捨ては絶対にしないが、しかし龍二はそんなのお構いなしのヘビースモーカーだ。一体、どんな心境の変化があったというのだろう。

「とにかく……今のまんまじゃ、ダメなんだ。俺も……あいつも」

戸惑う涼をよそに、龍二は同じセリフをくり返す。その響きはまるで、自分自身へ言い聞かせているようだ。藍に騙されたという思いは、意外な方向へ彼を導こうとしていた。

「見ていろよ……。もう、今までのようなわけにはいかねぇからな……」

「龍二……」

気がつけば、夜はもうすぐそこまで近づいていた。

2

それから一週間ほどは、平和な日々が続いていた。

店は相変わらずヒマだったが、碧と山吹が日払いで百円セールのレジ打ちを始めたので、とりあえず当面の生活費が入るようになったからだ。藍と紺も働きたかったのだが、そうなると『ラ・フォンティーヌ』の営業がおろそかになるということで、とりあえず二人は店の掃除と家事を請け負うことになった。

「懲りないよなぁ。兄ちゃん、まだホストクラブを続ける気なんだぜ」

店の床をモップで磨きながら、ウンザリしたように紺が毒づく。

開店まで、あと一時間。もうすぐ、山吹たちもバイトから戻ってくる。特に山吹は一日一度はスーツを着ないと身が引き締まらないとかで、着替えた途端元気になるから厄介だった。

「一月の売上げだって、結局はユリカさんの支払いだけになりそうだし。来月だって、どうなるか……」

「そういえば、世間ではニッパチって言うんだよね？　二月は、商売はあがったりで……」

「……なんかさ、藍がそういうセリフ口にすると激しく浮いてんな」

「そ、そう……かな……？」

先日テレビで得たばかりの知識だったので、そんな感想を言われると藍も自信がなくなってくる。しばらく白けた空気が漂った後、紺が特大のため息をついた。

「しっかし、なんでこう客が入らないかな。いくらなんでも、異常じゃねぇ？」

「マリンさんが言い触らしたせいで、誰もユリカさんの誘いに乗らなくなっちゃったしね」

「そもそも、〝入った人間が不幸になる〟って噂はどっから出たんだよ。あったまくんなぁ」

紺の手はいつの間にか止まっていたが、どうせ年季の入った汚れは一朝一夕で綺麗になどならないのだ。藍はやさぐれている従兄弟を苦笑混じりに見つめ、雑巾を絞りながら「僕が聞いた話なんだけどね」と不吉な噂の所以《ゆえん》を話し始めた。

「引っ越してきたばかりの時、涼さんから教えてもらったことがあるんだ」

「へぇ？　涼って、ホントになんでも知ってんだな」

「ほら、この家ってすっごく古いじゃない？　僕、怖がりだから、幽霊が出たら嫌だなって言ったことがあるんだよ。そうしたら、本当にそういう噂があるんだよねって……」

「マジかよ？」

嫌悪の色をあからさまに浮かべ、現実主義の紺は口をへの字に曲げる。藍は重々しい様子で頷くと、拭き掃除に戻って話の先を続けた。

「なんかね、最初に住んでたのがどっかのお妾《めかけ》さんで、病気で早くに死んじゃったんだって。それ以来、誰が住んでもすぐ死んだり引っ越したりするって。どんなに幸福そうな一家でも、必ず何か不幸が起きちゃうんだってさ。だから、皆はお妾さんの呪《のろ》いだろうって……」

「なんで、お妾さんが見境なく住人を呪うんだよ。俺、納得いかないな」

「僕だって知らないよ。涼さんが、そう言ったんだもん」

「ふぅん。住んだ人間が不幸になるって話が、いつの間にか〝入ったら不幸になる店〟って噂にすり変わったんだな。まぁ、確かにこの作りじゃお化け屋敷を営業した方が儲かりそうだしなぁ」

「……紺。そんなこと言うの、良くないよ。ユリカさんは、クラシックでステキねって、よく褒めてくれるじゃないか。第一、僕たちまだ誰も不幸になってないし」

「そりゃ、最初にでっかい不幸を背負ってきたからだよ……」

なんの慰めにもならない藍のセリフに、紺が唇を尖《とが》らせて答える。「入ったら不幸になる」のが本当なら、そこに住んでいる自分たちはなんなんだ、とついでに心の中で付け加えた。

二月を目前にして、暦の上ではもうすぐ春だというのに、相変わらず『ラ・フォンティーヌ』内にはブリザードが吹き荒れている。いっそ、本当にお妾さんの呪いだった方が、まだ救われるというものだ。

「あのなぁ、藍」

一通りの掃除を終え、バケツで雑巾をゆすいでいる藍に、紺が不思議そうに尋ねてきた。

「おまえ、怖がりなんだろ？　それなのに、今の話は平気なのかよ？」

「うん。だって、今の僕たちってあんまり幸福とは言えないじゃない？　だから、まず呪われる心配はないと思って。入ったら不幸になるって噂も、幸せな人が言い出したんだよね、きっと」

「………………」

「どうかした、紺？」

モップを抱えたまま絶句している紺に、藍が無邪気な笑顔を向ける。なんだか完璧に毒気を抜かれてしまって、紺は仕方なく小さな微笑を返した。

もしかしたら、一番ひ弱に見える藍こそが一番強い人間なのかもしれない。

先日、借金のために龍二をたらし込もうと決め、柄にもない行動に出た藍を見た時から、紺の中でなんとなく藍を見る目は変わりつつあった。藍だけでなく、プライドを捨てて金を工面してきた兄の山吹や、誰より優雅で綺麗な碧が率先して日払いのバイトを始めた姿などに、いちいち驚かされたり感動したりの連続だ。それなら自分はどうなんだ、とつい反省までしてしまう。

「だけどさ、日払いのバイトだけじゃ借金の返済は難しいよね」

「え……？」

「紺はホストクラブに見切りをつけてるみたいだけど、毎月五十万ずつ返すにはやっぱり何かしらお金になる仕事を見つけないとダメじゃない？　どうしようか？」

「どうしようかっ……て……」

大真面目な顔で相談され、紺はたちまち口ごもった。

実は、彼には言い出せない秘密が一つある。

少し前から、涼に「うちの店で働かないか」と誘われているのだ。涼曰く、四人の中でもっともホストに向いているのが紺らしく、その気になれば本当に月収三百万も夢じゃないと言われていた。

けれど、紺が『ミネルヴァ』に移ったら、恐らく山吹は激怒するだろう。お金はもちろん欲しいが、紺自身もできれば皆と一緒に稼ぐ方法はないかと思っている。そんなわけで、まだ返事は保留にしたままなのだった。

「あ〜あ。なんか、元手がいらなくてドカンと稼げる商売ってねぇのかなぁ」

「そうだよねぇ。この店だって、もっと綺麗だったらお客さんも来ると思うんだけど」

「——じゃあ、そろそろドカンとでっかく稼いでもらおうじゃねぇか」

突然、無愛想な声に割り込まれて、紺と藍はギクッと振り返る。

案の定、開いた引き戸の向こうから龍二がゆっくりと姿を現した。

「こ……こんばん……は……」

動揺する心を悟られまいと苦労しつつ、藍がぎくしゃくと頭を下げる。気を利かせた紺が龍二との間に立ちはだかり、きつい眼差しからそれとなく庇ってくれた。

龍二が姿を見せたのは、一週間前の誘惑騒動以来だ。

山吹はまだ絆創膏をしているが、彼の方はすっかり傷も癒《い》えており、相変わらずの険しい表情で藍たちを睨みつけている。あんまり何も変化がないので、もしやこの間の一件は夢だったのかとうっかり疑ってしまうほどだ。

(ううん、あれは夢じゃない……夢なんかじゃ、ないけど……)

何回となくキスをくり返し、熱い指先で藍の肌に触れた。そんな一瞬も、龍二にとっては成り行きの一つでしかなかったのかもしれない。あるいは、騙されたと知って深く静かに怒っているのだろうか。自業自得とはいえ、藍は胸が苦しくなってきた。

(あの時は……ちらっとだけど、微笑ってくれたのにな……)

ヤキが回った、と自嘲《じちょう》しながら、それでも龍二は藍を拒絶しなかった。嘘の告白の後、そっと近づいてきた吐息の温度まで、まだ鮮やかに覚えている。もう二度とあの唇に触れることはないんだと思うと、大事な何かをなくしてしまったような気分に襲われた。

藍が物思いに沈んでいると、龍二がつっけんどんに口を開いた。

「……ったく、この店はいつ来てもガキしかいねぇんだな」

「今夜は、なんの御用なんですか。次の返済日まで、まだ日がありますよね?」

「へぇ。こっちの兄ちゃんは、ずいぶんしっかりした口きくじゃねぇかよ」

紺が怯《ひる》まず応対すると、龍二は唇の片端を上げて歪んだ笑みを作る。悪態をつかれたり凄まれるのには慣れているが、今日の彼は少し様子が違っていた。荒《すさ》んでいる、とでも言うのだろうか。どこか投げやりな雰囲気と、頑として相手を受け入れまいとする強固な壁が感じられる。嫌な予感が胸を満たし、強気だった紺も無意識に藍と寄り添い合った。

「はっきり言わせてもらうが、この店はもうダメだ」

「ダ……ダメ……って……」

「そうだろう？　いくらおまえらが頑張ったところで、客が入るとは到底思えねぇ。要するに、借金だって返せないってことだ。掃除なんてやめろ、無駄だから」

「…………」

「よしよし。答えないのは、それくらいの自覚はあるってことだな。まぁ、俺様も今まではずいぶんとおまえらに情けをかけてやったつもりだったが、それもこのクソガキの心ない行為で見事に踏みにじられちまった。ありがとな、お陰でいい勉強になったよ」

「龍二さん……」

ちらりと意地悪く流された視線に、藍が切なく瞬きをくり返す。なんとか涙は堪えたが、できることなら、このまま龍二の前から消えてしまいたかった。

大きな瞳がたちまち潤み出したのに気づき、龍二は不愉快そうな顔で目を逸《そ》らす。藍に裏切られた晩、自分の滑稽さにひどく腹がたって、家にあったテディベアたちを棚からめちゃめちゃに放り出してしまった。片付けるのも忌ま忌ましいので、それきり部屋は荒れたままだ。そうして、今夜も大小のクマが散らばるワンルームへ一人で帰らねばならない。そんなことを思った途端、なんだか何もかもが空《むな》しく思えてきて、慌てて雑念を頭から追い払った。

「……なぁ、兄ちゃん。そこで、物は相談だ」

「俺の名前は、兄ちゃんじゃなくて紺です。相談ってなんですか？」

「おまえら、今日限りでホストクラブをやめろ」

「え……」

「お坊っちゃまのお遊びに付き合うのは、もう終わりだ。明日からは、俺がおまえらを仕切る。いいか、文句なんか一言だって言わせねぇからな」

「や……やめて、どうするつもりなんだよ。仕切るって、なんの権利があって……」

「権利だ？　へっ、笑わせんな。それじゃ、おまえらに残りの借金を返していく当てがあんのかよ。まさか、あと一千八百五十万、またどっかから借りてくるわけじゃねぇだろう？」

「う……」

悔しいことに、紺には言い返せなかった。

龍二には、わかっているのだ。山吹が都合した三ヵ月分の金額が、彼らの最後の切り札だったことが。来月分の返済はまだ当てがなく、藍のお愛想もすでに効力は失せてしまっている。

要するに、四人は八方塞がりなのだ。

「ここは、明日からデートクラブに変わる」

抑揚のない声で、龍二はきっぱりと宣言をした。

「おまえらは、そこの専属になるんだ。平たく言えば、出張ホストだな。ここを事務所にして、俺の指示した通りに働け。必死で数をこなせば、借金なんざあっという間に終わるぜ」

「出張……ホスト……？」

紺と藍は、耳慣れない単語に困惑する。なんだかんだ言っても、彼らは元お坊っちゃまなのだ。世間一般の青少年より、いくぶん風俗産業に疎いところは否めない。

しばらく沈黙を続けた後、紺が思い切ったように質問した。

「出張ホストって、なんですか？　どこかのお店に、お手伝いしに行くんですか？」

「何、寝ぼけたこと言ってんだよ。出張ホストっていうのはなぁ、無店舗営業のホストのことを言うんだ。インターネットで客を取って、指定された場所まで出向いていく。そうして、お客様のお望み通りのお相手をするんだよ。わかったか？」

「インターネットで？　通販みたいに？」

「そうそう。おまえらには専用の携帯を渡すから、客との連絡はネットかその携帯で取るんだ。俺は宣伝用のＨＰを準備するから、後は予約が入るのを待てばいい。明日、ここにパソコンを持ち込むからな。うちの会社は風俗関係には顔が利くんで、役所の届け出なんかは問題ない。ただし、未成年だってことは絶対に黙ってろよ。おまえらも、前科はつきたくないだろう?」

「それはそうだけど……お相手って、一体何をすれば……」

「そりゃ、いろいろだよ」

おどけた仕種でひょいと肩をすくめ、龍二は「いろいろ」の部分を意味深に発音する。紺は少しずつ興味を持ち始めたのか熱心に耳を傾けていたが、藍の方はまだ内容がピンとこないので、不安な心持ちで二人を何度も見比べていた。

紺の表情に脈ありと思ったのか、龍二の語りは更に滑らかになっていく。

「いろいろっていうのはな、例えば旅行のお供やデートの相手、一晩中話に付き合ったり愚痴や相談を聞いてやったりっていうソフトな時も多い。いわゆる擬似恋愛の相手だな。要は、お客がリクエストした通りの役回りを演じてやればいいいんだ」

「そんなんで、稼げんのかよ?」

「もちろん、ソフトな時ばかりじゃないさ。言っただろう、客が望む通りにって。場合によってはベッドの相手もありだし、特別な嗜好《しこう》の持ち主なら合わせて差し上げるんだな」

「特別な嗜好?」

「だから……いろいろだよ」

もう一度「いろいろ」をくり返し、龍二は嫌な笑みを浮かべた。

「ま、当然ハードな場合は料金だって跳ね上がる。せいぜい張り切って、相手をその気にさせた方がいいぜ。三時間デートに付き合うよか、時間も実入りもよっぽどいい」

「それ、売春じゃねぇかよ」

「女じゃないんだ。減るもんじゃないし、やり得って思えばいいだろ？」

「な……」

滅多に物怖《ものお》じしない紺も、龍二のさばけた言い草には目を白黒させている。世の中にそういう職種があったという驚きと、ついに限界ぎりぎりのやばい仕事が回ってきたという思いとで、頭がパニックになっているのだろう。頼みの彼が絶句してしまったので、仕方なく藍が口を開いた。

「あ……あのぅ、龍二……さん……」

「なんだよ？」

おどおどと声をかけると、初めて龍二がまともにこちらを見る。

藍の心臓が一瞬ドキンと鳴ったが、幸いにも顔に出すことは避けられた。

「そのお仕事って……あの、たくさん稼げるんですか……？」

「そりゃあ、やる気の問題だな」

「やる気……」

「風俗で稼ぐんなら、おまえら全員ゲイ専門のソープにでも売っ払っちまった方が、手っ取り早く金にはなるんだ。だけど、いきなりハードな環境に追い詰めて逃げ出されでもしたら、後が面倒だしよ。そうなりゃ、こっちの信用問題にもなるからな」

「………」

ゲイ専門のソープって、なんだろう。

藍がそんなことを考えている間に、龍二はどんどん話を先に進めていった。

「考えてみれば、上流階級出身の人間が本物のエスコートをして差し上げるんだ。それを売りにすれば相場よか高い料金がつけられるし、薄汚ねぇエロ親父の相手よか、おまえらにも労働の喜びってもんが感じられるんじゃないかと思ってさ」

「そういうもんなんですか？」

「そうさ。いいか、俺は従来の出張ホストが狙うような小金を貯《た》めたＯＬなんざ相手にしない。一流を知ってる金払いのいいキャリアウーマンや、有閑マダムにターゲットを絞るんだ。上手く当たれば、かなりの商売に発展する。全ては、おまえらの腕次第さ」

「腕……次第……」

「ああ。これは、立派なサービス業だからな」

「そうしたら……そうしたら、すぐに借金も返せますよね？」

「藍、俺たち月収三百万も夢じゃないかも！」

熱っぽい藍の口調に、ようやく紺も我に返ったようだ。お気楽な二人のセリフに龍二は内心呆れ返ったが、表面に出しては「そういうことだよ」と力強く請け負った。

「わかるだろう？　俺だって、鬼じゃねぇんだ。どうしたらおまえらがすみやかに金を返せるか、ちゃ〜んと考えてやってんだよ。ここにいない兄ちゃんたちにも、そこら辺をよく説明しておくんだな。どのみち、嫌だって言ったって他に道はねぇんだ」

「は……はい」

「よぅし。そんじゃ、若くて可愛い男と遊ぼうって女たちから、じゃんじゃん金を搾り取ってやれ。いずれ、涼なんてメじゃなくなる日もやってくるぜ。頑張れよ」

「なんだか、そういう言い方は嫌な感じだな……」

素直に頷く代わりに、藍が眉をひそめる。

「女の人だって、男の人と同じような遊び方をする権利はあるじゃないですか。僕、涼さんを見てて思ったけど、涼さんのお客さんってすごくお金を使うけどちゃんと品があるんです。それって、涼さんがそうさせてるんだと思う。搾り取る、とかじゃなくて、使うことで本人が癒されたりストレスを発散できたりするようにしっかりフォローしてあげてるから」

「おまえ……」

「だから、搾り取ろうとは思いません。僕たちは、借金が返せればそれでいいんです」

「…………」

可愛いだけが取り柄だと思っていた相手から、思いもかけぬ意志の強さを見せられて、龍二はぶ然と黙り込む。おまけに、言った本人は自分のセリフに照れ笑いなんかしているのだ。

のほほんとした空気に飲まれまいとして、彼は急いで頭を左右に振った。

「藍～、おまえカッコいいこと言ってんじゃん」

感激した紺が、バンバン藍の背中を叩いている。

どこまで能天気な一族なんだよ、と胸で毒づく反面、彼らのこういうところが「絶対に勝てない」と思わされる点なんだと、龍二は妙な納得もしてしまった。


ホストクラブから、デートクラブへ。

こうして、思いもかけない方向へ四人の人生は再び転がり出したのだった。


翌日の午後。

マネージャーとしての龍二の仕事は、実に迅速で手際が良かった。

「それで、ここをクリックするとおまえらの顔写真が……ほらな」

「うっわ～。なんか、とんでもねぇ～ハズカシ～」

「……もう少し、横からライトを当てた方が良かったんじゃないのか？」

「どんな風に撮っても、やっぱり碧はすごく綺麗だねぇ」

「ありがと、藍。こういう写真はね、撮られるコツがあるんだよ」

「おらおらっ。皆で固まってたら、画面が見えなくなるだろうがっ」

龍二の一喝でモニターを覗き込んでいた一同は渋々とばらけ、パソコンの前は再び彼だけになる。少々型は古いが、持ち込まれたデスクトップは意外にも龍二の私物だった。粗野で乱暴な彼にパソコンが扱えたという事実だけでも驚きだったが、皆が感心したのはくわえ煙草で作業を進めていくその見事な手さばきだ。モニターを見つめる渋い横顔には、今までの龍二にはなかった一種知的な魅力が漂っていた。

「しかし、俺は疑問だな。こんな方法で、本当に予約なんか来るのか？」

デートクラブに転身するにあたって、最後まで懐疑的だった山吹が不信感たっぷりな声を出す。すると、龍二に見惚れていた藍がうっとりした様子で「大丈夫だよ」と呟いた。

「このＨＰ、見やすいしセンスいいし、とても良く出来てるもん。たった一日でこんなの作れるなんて、龍二さんってすごいや」

「だが、本当に上等な客筋かどうかは……こっちで選べないわけだし……」

「心配無用。その点は、ちゃんと考えてあるさ」

山吹の言葉に、モニターから目を逸らさず悠々と龍二が答えた。

「このＨＰは会員制になっていて、パスワードと会員番号がなければ入れないようにしてある。アドレスはうちの会社が摑んでる情報ルートから、客として有望と思える相手にだけＤ

Mを送信済みだ。だから、それを見て興味を持った奴らのみが客になり得るってわけさ。後は、そいつらの口コミでどこまで広がるかだな」

「呆れたな。おまえの会社は、どれだけ怪しいことをしたら気が済むんだ」

「金の力だよ。情報なんざ、金さえ出せばいくらだって買える」

ようやく龍二が顔を上げて、傍らに立つ四人を順ぐりに見つめていく。

今にも灰が落ちそうな口許《くちもと》の煙草が、つっけんどんな口調と共に上下に揺れた。

「あんたらに、二つばかり言っておくことがある」

「偉そうな口をきくな、チンピラめ」

「今後はマネージャーって呼んでもらいたいね、山吹さん。まぁ、どうでもいいけどさ。まず、一つ目は客のことだ。昨日の夜、俺はそこのガキどもに〝女から金を搾り取れ〟と言ったが、それは今ここで訂正する」

「え……」

殊勝《しゅしょう》な龍二のセリフに、藍の瞳がパッと明るくなる。それでは、彼は自分が言ったことをちゃんと考えてくれたのだ。やっぱり、根は悪人なんかじゃなかった。

嬉《うれ》しそうに微笑む藍をちらりと見てから、龍二はおもむろに口を開いた。

「金を搾り取るのは女だけじゃない。男からも女からも、だ。金持ちに男女の差はないからな。DMは当然男性にも送ってあるから、客として男から指名が入ることも充分に考えられる。もちろん、性別で予約を断わるようなことはしないから、それを承知しておいてくれ」

「ちょ、ちょっと待てよっ。じゃあ、ゲイ専門のソープ行くのと変わんないじゃねぇかっ」

血相を変えて噛みつく紺に、冷ややかな一瞥《いちべつ》が投げられる。

「そんなことないだろ。世を忍ぶ性的指向の紳士と、食事に付き合うだけでも金は貰えるんだ。必ずしも、寝ろと言ってるわけじゃない。ソープに比べりゃ、天国じゃないか?」

「張り切ってその気にさせて、高い料金取れって言ったくせにっ」

「それは、借金を早く返したかったら……の話だ」

ざわっと、四人に動揺が走った。

客の選《え》り好みをしている場合ではないとはいえ、それはあまりにも厳しい条件だったからだ。女性だけならまだしも男性まで相手にするなんて、誰も考えてもみなかった。それは、同性の龍二に身を任せようと決心をした藍ですら例外ではない。特定の人間を相手にするのと不特定多数のお客を取るのとでは、心の持ち様だって全然違ってきてしまう。

だが、藍がショックだったのはそれだけが理由ではなかった。

(龍二さん……本気、なんだ……)

本気で、龍二は怒っているのだ。

男女問わずに望まれたらベッドまで付き合え、という言葉は、皆とは別の意味を持って藍の心を刺し貫く。それは、藍が他の男と寝てもなんとも思わないと、龍二が言っているも同然だからだ。女性が相手でも行為は一緒だが、それは借金のためだからと諦めていた。でも、龍二と同じ男性が相手となると、気持ちは複雑になってくる。

（僕が誰とどうなろうと、全然関係ないんだ……）

わかっていたことのはずなのに、改めて思い知らされるとひどく辛い。藍はそっと唇を噛み、静かにまつ毛を伏せて悲しみをやり過ごそうとした。

「静かにしろっ」

いっかな狼狽を隠せない四人に、龍二はイライラと声を荒らげる。手近の灰皿で乱暴に煙草を揉み消すと、彼は気を取り直して話を続けた。

「もう一つは、おまえらの身元のことだ。HP上では、番号だけで名前は出していない。年齢もある程度偽っている。だが、客筋を選んでいる以上、おまえらのことを知っている人間に当たる可能性は極めて高いだろう。なんせ、金持ちの間で海堂寺って一族は有名らしいからな」

「…………！」

「だが、そういう客に当たっても絶対に狼狽えるな。潔く、過去は捨てるんだ。幸い、おまえらの身内は日本から逃げ出しているらしいし、親を泣かせる心配だけはしなくて済む。有難いことだと、せいぜい神様に感謝するんだな」

「身元……か……」

龍二の言葉を聞いた途端、山吹の顔が強張った。目先の問題にばかりとらわれて、まだそこまで考えが回っていなかったからだ。確かに、上流階級を顧客にするつもりなら、自分たちを知っている人間が客として現れる確率は高い。そうして、「ここまで落ちぶれたか」と同情たっぷりな眼差しを注ぎ、たくさんの金をばらまいていくだろう。そんな状況に、果たして自分は耐えられるだろうか。発作的に、死にたくなってはしまわないだろうか。

だが、僅かな逡巡《しゅんじゅん》の後、山吹は毅然と顔を上げた。

ここまで来たら、もう引き返すことはできない。龍二の言う通り、過去は捨てるしかないのだ。昔の自分は死んだものと思って、ホストとして生まれ変わろう。それができないなら、後はのたれ死ぬしかない。そんな悲壮な決意を胸に、山吹は自分に気合いを入れ直した。

「あんた、なかなか根性あるな」

龍二は満足そうに頷き、続けて碧と紺に視線を向ける。二人とも山吹に倣って、ようやく覚悟を決めたようだ。俯く藍だけは表情を見せなかったが、龍二もあえて絡もうとはしなかった。

「よぅし、段々と根性が据わってきたな。その調子なら、きっといい線いくぜ。DMが届いて反応が出てくるのにまだ数日はかかるだろうから、その間に客への応対や細かいルールなんかを、徹底的にたたき込んでやるからな。ただし、俺も忙しい身の上だから、おまえらばかりに構っちゃいられねぇ。さっさとノウハウを覚えて、一日も早く稼げるホストになってくれ」

「一つ質問なんだけど」

それまで沈黙していた碧が、静かに右手を上げる。

「お客が恋に落ちた場合は、どうするの？　それが不倫だったら？」

「は？」

「お金を持った人って、既婚者が多いでしょ。俺、人妻によく好かれちゃうから」

「ああ、そうそう。碧って、それで学生ん時に二回くらい騒ぎを起こしてるんだよな。それでなくても、おまえに惚れる奴って人生狂うくらいのめり込む奴が多いから……」

「やだなぁ、紺。人聞きの悪いこと言わないでよ」

「と……とんでもねぇ男だな……」

涼やかに微笑う碧を前に、さすがの龍二も言葉をなくす。ルックスと育ちだけでイケると踏んでいたが、もしかしたら彼らはとんでもない拾い物かもしれなかった。

ただ一人、暗い瞳で床を見つめるテディベアを除いては。

皆がやる気を出している横で、藍は胸の痛みが治まるのをジッと待つしかなかった。

龍二《りゅうじ》が思っていたよりも、DMの反応は早かった。

山吹《やまぶき》たちには次々と指名が入ったし、しかも予想より遥《はる》かに上等な客ばかりだったので、まずは順調なスタートと言えるだろう。龍二はマネージャーとして昼から夕方まで店で各人のスケジュールを調整し、夜になると取り立て屋の顔に戻って街へ出ていっている。そんな規則的な生活を送る彼とは裏腹に、お客から指定される時間がまちまちなため、予約を取り出して一週間もすると四人が顔を揃《そろ》える機会はグンと減ってきていた。

そうして、今日も彼らは磨き立てた姿で出かけていく。

束《つか》の間の恋愛と、危うい雰囲気と、一時の慰めを共有するために。


都心から少し外れた、高級住宅街。

その一角に、大正時代の洋館を使った隠れ家的フレンチレストランがある。

派手な宣伝をしないので、お客は舌の肥えた本物の味がわかる人間のみ。客数も、一日に十組ほどしか受け付けない。そのほとんどがお忍びでやってくる人たちなので、知り合いに会っても知らん顔を通すのが暗黙の了解にもなっている。

ディナータイムが始まって間もなく、ライトアップされた見事な日本庭園を臨む席に一人の女性が案内されていた。

四十代初めかと思われる小綺麗《こぎれい》な風貌《ふうぼう》だが、実際の彼女は見た目より十歳は年を取っている。しかし、国内でも有名なエステサロンの経営者たるものそうそう老け込んではいられないのだ。若くあり続けるために、彼女はこれまでどんなことでも試してきた。

「お連れ様が、おみえになりました」

黒いタキシード姿の総支配人が、二十代半ばとおぼしき若い男性をテーブルまで案内してくる。彼女はわざと庭からゆっくり視線を移すと、素早く相手のルックスをチェックした。

なかなか……と、まずは感嘆の色がその目に浮かぶ。

上等なスーツを嫌みなく着こなしたエリート然としたたたずまいは、場の雰囲気に飲まれることもなく堂々として見える。服の上からでもわかる精悍《せいかん》な身体《からだ》つきと、それに反してや神経質そうな眼鏡《めがね》越しの眼差《まなざ》しは、かなり女心をそそるものがあった。

端整で品の良い顔立ちの彼は、想像通りの甘く低い声で挨拶《あいさつ》をする。

「こんばんは、はじめまして。山吹と言います」

彼女は、ホロ酔い気分で地下からの階段を上っていく。

こんな風に気分良くお酒を飲んだのは、とても久しぶりのことだ。

（やっぱり、女は褒《ほ》められてナンボなのよねぇ）

こういう下品な言い回しは好かないが、心の中でこっそりと呟《つぶや》いた。

資産家の夫と別れたばかりなので、彼女の口座には莫大《ばくだい》な慰謝料が振り込まれている。けれど、もともと実家にもお金はあるので残高はさほど減りはしない。幸か不幸か子どももいなかったので、まだ三十代の女盛りとしては連日の夜遊びが唯一の気晴らしだった。

「美雪《みゆき》さん、外は寒いよ。風邪、ひいちゃうよ」

そんな小言を言いながら、慌てて後ろを追いかけてくる男の子がいる。

「俺がすぐ車を拾ってくるから、ここで待ってて。いい？　変な奴《やつ》に声をかけられても、無視しないとダメだからね。美雪さん、危なっかしいから心配でしょうがないなぁ」

彼女が新婚旅行先のミラノで買ったラビットのハーフコートを、年下の可愛《かわい》い男の子は背中から優しく羽織らせてくれる。年はまだ二十歳《はたち》だと言っていたが、その割にはどんな高級な店に連れていっても物怖《ものお》じしないし、立居振る舞いにも品があるし、彼はなかなかの逸材だった。

それに……そうだ、何よりルックスがいい。

賢そうな黒目が印象的な、清潔感に溢《あふ》れたはっきりした顔立ち。人込みでも人目を惹《ひ》く、役者のようなオーラまである。たまに見せる生意気そうな表情は、特に彼女のお気に入りだ。

「紺《こん》、もう一軒行きましょうよ。あたしね、もう少し飲みたいの」

「いいけど……もうすぐ約束の時間だから、また延長になっちゃうよ？」

「そんなの、全然構わない。今日は、紺を独占するわ」

「……嬉《うれ》しいな。実は、俺ももう少し美雪さんと飲みたかったんだ」

「んもうっ、可愛いこと言うわねぇ」

「だって、本当のことだから」

内心（してやったり）と思いつつ、紺は愛想よく彼女の細い肩を抱き寄せた。


もうこれで三回目なんだが、と困った顔で紳士が言う。

彼と向き合って食事中だった碧《みどり》は、思わせぶりに「なんですか？」と問い返した。

「あなたのマンションに一流のレストランから食事を取り寄せて、上等のワインをご馳走《ちそう》になりながら思い出話にお付き合いして、確かに今夜で三回目になりますけど」

「しかし、君は退屈じゃないのかな。仕事とはいえ、私はさほど面白い人間ではないし」

「それなら、あなたはいいんですか？　ベッドの相手もできない男の俺を毎回呼ぶなんて、はっきり言ってお金の無駄ですよ？」

碧の意地悪な言葉に、無駄だなんてとんでもない、と紳士は強く首を振る。そうして、届いたDMから興味半分にHPを覗《のぞ》いた時、君の写真を見て釘付《くぎづ》けになったんだ、といつものように熱っぽく語るのだった。

早い隠遁《いんとん》生活を送っているが、紳士はそう年寄りでもない。せいぜい、三十代の前半くらいだろう。もともと人付き合いが得意な方ではなく、親から譲り受けた遺産で一生遊んで暮らせる余裕は充分に持っていた。だが、独身で無趣味なためあまりお金の使い途《みち》がない。そんな時に君に巡り会ったんだよ、と照れ臭そうに彼は笑った。

「俺としては、お話だけで終わるのも残念な気はしてるんですが」

純情な相手の反応などわかっていながら、碧は毎回律儀《りちぎ》に同じセリフを口にする。透き通った水彩画のような美貌《びぼう》と、うっとりするほど優雅な仕種《しぐさ》。碧に心酔しきっている彼は、どんなに距離を近づけても柔らかな髪にさえ触れようとはしない。

楽でいいんだけど、良心が痛むな。

どこまで本気だかわからない独り言を、碧はそっと胸で呟くのだった。


「だったら、あたしが藍《あい》ちゃんを買うわよぉ！」

ユリカがテーブルに頬杖《ほおづえ》をつき、怒ったように声を荒らげる。

「大体、どうして藍ちゃんだけ指名がないわけ？　皆は、それなりに活躍してんでしょう?」

「うん……そうなんですけど……」

「それなりどころか」

答えに窮している藍に代わって、苦笑しながら龍二が言った。

「あいつら、マジでジゴロの才能あるよ。一度摑《つか》んだ客は、絶対に逃がさない。俺も、つくづくバカだったよなぁ。こんなことなら、とっとと商売を切り替えれば良かったんだ」

「HPを開設してからまだ二週間なのに、山吹たちのスケジュールって四月まで一杯なんですよ。一回デートした人が気に入って、どんどん先の予約を入れちゃうから」

「おまえなぁ、人のこと感心してる場合じゃねぇだろうが」

モップを持った藍の頭を、龍二が呆《あき》れたような顔で邪険に小突く。藍びいきのユリカがキッと龍二を睨《にら》みつけたが、当の藍は気にした風もなくのんびりと掃除を続けていた。

ホストクラブを廃業した現在、もう店を綺麗にする必要はないのだが、売れ残っている藍には他にやるべき仕事がない。仕方がないので、こうして無意味な掃除をしたり、やってきた龍二にお茶をいれたりしながら日々を過ごしているのだ。本当は龍二と二人きりになるのは気まずかったのだが、嫌でも顔を合わせなければならないのが辛《つら》いところだった。

もっとも、常に二人きりというわけでもない。藍の身を案じた山吹がそれとなくユリカにお目付役を頼んだため、とりあえず二日に一度の頻度で彼女が遊びにきてくれるからだ。孤独な藍には、姉のような彼女だけが頼りだった。

「それにしても、不思議だわぁ。なんで、藍ちゃんに人気がないのかなぁ？」

「一番ブサイクだからだろ」

「あんた、なんてこと言うのよっ。藍ちゃんの顔、ちゃんと見たことあんのっ。頼りなさそうな大きな目といい、困ったような口許《くちもと》といい、甘いけど決してバカっぽくない表情といい、四人の中でも絶対に見劣りするとは思えないわっ。現にあんただって……」

「俺が……なんだって？」

すかさずジロリと凄《すご》まれて、ユリカは慌てて口を閉じる。龍二が藍を押し倒した話は、すでにあれこれ尾ひれがついて彼女の耳にも入っていた。だからこそ、山吹の頼みを一も二もなく引き受けたのだ。おまけに、ユリカの聞いた噂《うわさ》ではすでに藍は龍二の情人にされていた。

「あ～あ、世の中ってわかんないもんねぇ。こんなに可愛い藍ちゃんがねぇ」

「そうやって、傷口に塩を塗り込んでんのはてめぇだろ」

「んまっ、失礼な男ねっ」

掛け合い漫才のようなやり取りをBGMに、藍はせっせとモップを動かし続ける。けれど、自分だけが売れ残っている事実は内心やっぱり憂鬱《ゆううつ》だった。

（なんで僕だけ、いっつもダメなのかなぁ）

なるべく卑屈になるまいと努力しても、落ち込む気持ちは止められない。他の三人が意気揚々と仕事に出かけていく姿を見送るのは、なんとも言えない淋《さび》しさだ。

（でも、お陰で少しずつ皆も明るくなってきたんだし……）

皆の収入のほとんどは龍二が天引きしてしまうが、それでも碧の目玉焼きには先週からベーコンが付くようになったし、紺は初めて涼《りょう》にご飯を奢《おご》ることが出来たと喜んでいた。家の雰囲気も明るくなり、それぞれが毎日楽しそうに生活をしている。

だけど、自分だけがいつまでたっても変われない。

今日か明日かと予約を待っているのに、一件も藍宛《あ》てのメールが入ってこないからだ。そのためユリカには激しく同情され、龍二にちくちく嫌みを言われる毎日だった。

（どうして、僕だけ予約が来ないのかな。写真、どこかまずかったかなぁ）

いや、そうじゃない。

きっと、理由は単純なことなのだ。

『一番ブサイクだからだろ』

心ない龍二の一言に、ただでさえ自信のない藍はぺしゃんこだ。

確かに、自分は山吹のようにスマートではないし、碧のように綺麗でもなく、紺のように潑剌《はつらつ》とした明るさもない。それくらい、ちゃんとわかっている。

だが、誰からも見向きもされないほど容姿が悪いとは思わなかった。

「……おい」

ひたすら暗く落ち込んでいたら、龍二がポンと後頭部を叩《たた》いてきた。

「おい、クソガキ。聞いてんのか？　煙草《たばこ》、買ってこい。それと、ジンな」

「ユリカさんは、ジンを飲みません……」

「何、寝ぼけてんだ。俺が飲むんだよ。それに、彼女はもう帰ったぜ？　可哀相《かわいそう》になぁ。おまえに何度もまたねって声かけてたのに、ちっとも気づきゃしないんだから」

「えっ」

驚いて顔を上げると、いつの間にか店内は自分と龍二の二人だけになっている。

「ユリカさん……いつもなら、誰かが帰って来るまで一緒にいてくれるのに……」

「なんだ、おまえ知らないのか。あの女、猫を飼い始めたらしいぜ」

「そっかぁ。じゃあ、遅くなったら可哀相ですよね。いいなぁ、今度見せてもらおう」

「おまえらは、まだペットどころじゃねぇもんな」

パソコンの脇にどっかりと長い脚を伸ばし、龍二がちびた煙草から煙を吐き出した。

「ま、おまえが皆のペット代わりなんだからいいんじゃねぇ？　のほほ〜んとして、愛敬《あいきょう》だけで生きてるみたいな面《つら》してるし。それよか、煙草……」

「それ、どういう意味ですか？」

ムッとして、藍が言い返す。普段なら臆《おく》してしまって龍二に口答えなど出来ないのだが、自分の不甲斐《ふがい》なさが身に染みていた時だけに今の一言は聞き流せなかった。

「なんだよ、おっかねぇ顔して」

「どういう意味かって、訊《き》いてるんです」

モップの柄《え》を握りしめ、藍は憤然と相手へ詰め寄っていく。予想外の反撃を受け、龍二は面倒そうに片目でちらりと藍を見上げた。

「……クソガキが」

「僕はクソガキじゃありません。海堂寺《かいどうじ》藍って名前があります」

「だから、それがどうしたよ」

「ペットだなんて失礼じゃないですか。僕だって、立派に働けるんです。そうだ、予約がないなら自分で宣伝してお客さんを捕まえればいいんでしょう？　今から外に行ってきます！」

言うが早いかモップを龍二へ押しつけて、藍は表へ飛び出そうとする。だが、実際は右手を反射的に摑まれて、その場でジタバタもがいているだけだった。

「あのなぁ……藍」

呆れたような龍二の声が、場違いなほど平和に響いてくる。

「そんな薄着してたら、客捕まえる前に風邪ひくぞ」

「ひきませんよ、僕はバカだから。バカは風邪をひきませんっ」

「誰も、おまえがバカだなんて言ってないだろが。さっきも、ユリカが褒めてただろ。甘い顔立ちでも、表情がバカっぽくないとこがいいって」

「じゃあ、どうして僕だけ予約が入らないんですか。皆、頑張って一日中働いてるのに、僕だけ毎日掃除ばっかりで……いくら……いくら、僕が一番ブサイクだからって……」

「バカでブサイクじゃ、救いようがねぇな」

「うっ……」

自分で言い出したくせに、龍二の口から反芻《はんすう》されたら何倍も悲しくなってきた。

藍は涙で滲《にじ》み出した視界に戸惑い、取られた腕を振りほどこうと無駄な抵抗をくり返す。だが、もがけばもがくほど龍二の力は強くなり、ますます自由は奪われていくばかりだ。

「はな……離してくださいっ……離せってばっ……」

「おまえ、ペットじゃねぇんだろう？　だったら、少しは本気出して反抗してみろよ。棚に飾ったテディベアみたいに、周り中から可愛いだけが取り柄だって思われてて悔しくないのかよ？」

「さ、さっきはブサイクだって言ったじゃないですかっ」

「人の揚げ足取ってんじゃねぇよっ」

カッとなった龍二は、勢いに任せて摑んだ腕を引き寄せる。弾みで倒れ込むように胸へ飛び込んできた藍を、彼は腹立たしそうにギュッと抱きしめた。

「な……何をっ……」

「そんなに、知らない相手とデートがしたいのかよ」

「え？」

「……おまえは、ここで掃除してりゃいいんだよ」

小さな頭を抱え込み、有無を言わさぬ口調で龍二は言う。

「仕事のスケジュールは、俺が管理する。おまえがギャアギャア騒いだって、予約が来ないもんはしょうがねぇだろう。いいから、ガタガタ言ってないで煙草とジン買って来い」

「だって、なんで僕だけ……」

「ああ、もうだからなぁ……」

「……」

「――泣くなって」

大きな手のひらが頭に載せられ、わしわしと不器用な動きで撫《な》で始めた。龍二が今どんなに困り果てた顔をしているのか、藍には容易に想像できる。そういえば、この前も同じような展開でキスをされたんだっけ、とつい余計なことまで思い出してしまった。

「泣くな、藍」

「……え……」

「藍……泣くな……」

龍二が、名前を呼んでいる。

そのことに気づいた途端、藍の身体が火のように熱くなった。

僅《わず》かなためらいを見せた後、龍二が静かに頭の天辺《てっぺん》に唇を寄せてくる。煙草の香りがふわりと鼻先を掠《かす》めた瞬間、彼はゆっくりと藍の髪に口づけを埋めていった。

(あったかいや……――)

あまりの心地好《よ》さに瞳を閉じ、身体をすっかり龍二へ預けてしまう。こんなに深く安心できたのは、本当に久しぶりのことだった。龍二は胸をドキドキさせるだけでなく、こうやって柔らかく自分を包み込んだりもできるのだ。

(龍二さん……大好き……)

言葉に出しては言えなかったが、藍は自然とそう呟いていた。

乱暴でがさつでおっかないけれど、たまに見せる素《す》の表情がそれらを帳消しにしてしまう。

そんな不思議な人は初めてで、もっと龍二のことが知りたいと思った。

傍《かたわ》らのモップが派手な音をたてて倒れるまで、二人は無言で抱き合っていた。


「最近、藍の様子がおかしいんだよ」

やたら深刻ぶった顔を紺がするので、涼は不意を衝《つ》かれた顔をする。その一瞬で勝負は決まり、目の前の大きなモニターに『YOU LOSE』の文字がデカデカと現れた。

「あ〜あ、負けちゃったぁ。なんだよ、紺。連勝記録ストップしちゃったじゃないか」

「ナンバーワンホストが、昼間っからゲーセンに入り浸りかよ。常連さんが見たら泣くよ?」

「いいんだよ、俺オタクだもん。それより、藍ちゃんがどうしたって?」

やかましいBGMに負けまいと、涼は声を張り上げる。ようやく興味を持ってもらえたので、紺が待ってましたとばかりに素早く耳元へ唇を近づけた。

「実はさ、俺たちのデートクラブ、藍だけ一度も予約が入らないんだ。そのせいでかなり落ち込んでるんだけど、たまにホワ～ッとピンク色になってたりもするんだよな。その落差があんまり激しいんで、見てる分には面白いんだけど……。また、例によって兄ちゃんが心配しててさぁ」

「ふぅん。山吹って、龍二と同じで可愛い物が好きなんだな」

「……そういう問題じゃないだろ？」

かなりピントのズレた返事を返され、紺が非難めいた視線を送る。涼は美しい愛想笑いを浮かべると、軽やかにゲーム機の椅子《いす》から立ち上がった。

「その話、ちょっと変だよな」

出口に向かって歩きながら、涼は傍らの紺を振り返る。悪戯《いたずら》っぽく輝く瞳は、彼が新しい発見をした時に見せる特有の色をしていた。

「だから、さっきから言ってるじゃん。藍がおかしいって……」

「その変じゃないよ。藍ちゃんに、予約が一度も入らないって方」

「へ？」

「だって、藍ちゃんってマジ可愛いじゃん。俺も見せてもらったけど、君たちのＨＰって写真を見て気に入ったホストに予約を入れるシステムだろう？　それが、二週間以上もたつのに藍ちゃんにだけ一回も指名が来ないなんて、ありえないよ」

「でも、実際に……」

「握り潰《つぶ》してるんだろうね、有能なマネージャーが」

「龍二さんが？　なんでだよ？」

あまりに意外なことを言われ、思わず紺の声が引っ繰り返る。仕事をどんどん四人に割り振り、一日も早く借金を全額回収するのが彼の希望なのに、どうしてわざわざ予約を握り潰す必要があるのだろう。最初に叱咤《しった》激励《げきれい》を飛ばした時とは、ずいぶん矛盾した行動だ。

「龍二さんが……」

不可解な顔で考え込む紺を、涼は面白そうに眺めている。だが、紺だってバカではない。理解不能な行動を説明する動機が一つしかないことは、すぐに察しがついた。

「なぁ、それって……藍には客を取らせたくない、とか……？」

「俺には、他に解釈のしようがないね。もちろん、最初から藍ちゃんに出張ホストなんてできっこないとも思うけど。そんなの、誰だってわかってることだ。同じお坊っちゃま育ちでも、紺たちと藍ちゃんでは根本的な資質がまるで違うだろ」

「…………」

「君たちには、順応性という武器がある。いくら元が深窓のご令息でも、落ちぶれたら生きていくために頭を切り替えなきゃならないんだからね。でも、藍ちゃんは……なんていうのかな、俺やおまえたちとはまるで人種が違うんだよ。それは育ちのせいもあるだろうけど、あれは天性のものだと思うな。あの子は他人との付き合いに、少しもさばけたところがない。だから、いちいち生身の感情でぶつかってはボロボロになるのがオチだろう。擬似恋愛なんてさせたら、すぐに心が壊れちゃうんだよ。彼は、もっともホストに向かない人種だと思う」

「もっとも……ホストに向かない……」

「その点、紺は対照的だ。おまえには、他人をいい気分にさせる才能がある。出張ホストに飽きたら、いつでもミネルヴァに来いよな。俺が、一流のホストにしてやるから」

デートクラブ発足に伴って、紺は正式に涼のスカウトを辞退した。だから、そんな風に言ってもらうだけでもなんとなく面映《おもは》い。涼には、実の兄の山吹よりも可愛がってもらっているので尚更だ。

しかし、今は自分のことは二の次だ。緩みかけた気を引き締め、紺は急いで話を戻した。

「それじゃ……ひょっとして藍のそういうところ、龍二さんはわかってて……？」

「いや、わかってないんじゃない」

あっさりと紺の言葉を否定すると、涼はおかしくてたまらない、という顔になる。

「第一、わかってたらもっと上手《うま》く細工するだろう。龍二は、あれでけっこう頭がいいからね。でも、あいつ藍ちゃんのこととなると本当にバカになるんだなぁ」

「あ……そういうこと……」

「そういうこと」

笑いながらゲーセンを出た涼は、明るい日差しを浴びて眩《まぶ》しそうに目を細めている。紺がスカウトを断わった時、「じゃあ、俺がそっちのクラブに移ろうかなぁ」と冗談を言っていたが、こんなに太陽に弱いようでは難しいだろうと紺は思った。

実際にデートクラブを始めてみて意外だったのは、昼間のデートやランチの相手といった比較的健全な依頼がかなり多いということだ。龍二にさんざん怪しいことを吹き込まれていたのでそれなりに覚悟をしていたのだが、大抵の女性は普通の恋人同士のような時間を望み、そこにセクシャルな行為が入らなくても充分に満足して帰っていく。

だから、幸か不幸かベッドまで付き合うような展開はそうはなかったし、仮にあったとしても時間をかけてその段階まで行くお客が多かったので、紺自身が擬似恋愛を楽しむことができた。

話を聞けば、山吹も碧も同じだと言う。

年上の成功した女性が指名客に多い山吹は、やはり一番ベッドの相手をする確率が高かったが、それでも想像していたよりはずっとロマンの入る余地があったと安堵《あんど》している。

もっとも早く男性からの指名が入った碧も、「優雅で孤独な紳士だよ」と微笑《ほほえ》んで、けっこう楽しそうに仕事へ出かけていく。どうやら、身体の関係もなさそうだ。多分あったとしても、碧なら逆に面白い経験だと乗り気になりそうだった。

「だけど……藍の場合はなぁ……」

涼が言う通り、確かに藍がこの仕事に向いているとは思えない。けれど、仕事の妨害をするほど龍二が藍を気にかけていると知ると、やっぱり従兄弟《いとこ》としては複雑な気分だ。それに、当の藍は自分だけが売れ残りだと、落ち込んでもいるのだから。

「どうしたもんかなぁ」

昼飯にしようと涼が言い出すまで、紺はずっと難しい顔で考え込んでいた。

その夜、『ラ・フォンティーヌ』ではちょっとした騒動が持ち上がった。

藍が、突然いなくなってしまったのだ。

心配しないで、という趣旨の置き手紙だけは残してあったが、肝心の行き先がわからないため捜しようがなかった。

「ごめん……俺のせいだ……」

狭い店内の真ん中で、紺が蒼白《そうはく》な顔で項垂《うなだ》れている。生憎《あいにく》と碧は仕事中で捕まらなかったが、紺から電話を貰《もら》った山吹は慌てて予約をキャンセルして戻ってきていた。

龍二は早めに事務処理を終えたのか、すでに取り立ての仕事へ出てしまっている。いずれにせよ、こんな事態が彼にバレたら、また怒り狂うのは目に見えていた。

「とにかく、落ち着いて善後策を検討しよう。紺、もう一度最初からきちんと説明してくれ。おまえ、藍に何を言ったんだ？」

「俺がここに戻った時、もう龍二さんはいなくて藍一人だったんだ。そんで、相変わらず掃除なんかしながら暗い顔してるからさ、俺ちょっと元気づけてやろうと思って。おまえにも、予約はちゃんと入ってる。多分、龍二さんが勝手に断わってるんじゃないかって……そんな風に……」

「龍二が、勝手に断わってるだと？　それ、本当なのか？」

鋭い声音《こわね》で迫られて、紺はこっくりと頷《うなず》いてみせる。彼は、昼間涼と話した内容をかいつまんで説明した後、同じ話をした時に藍がどんな反応をしたかも付け加えた。

それを聞いた山吹は、今度こそ驚いたように目を見開く。

「藍が怒ったのか？　おまえに？」

「そうなんだよ。なんか、あいつってば急にムキになってさ。俺のこと睨みつけて、龍二さんはそんな人じゃないとか、わけわかんないこと言うんだ。あんまり騒ぐから、俺も頭に来てさ。じゃあ調べてみようぜってことになって、龍二さんのパソコンを立ち上げようとしたんだ。でも、パスワードがわかんなくて苦労してたら涼さんが……」

「また、あいつか……」

涼の名前を聞いた山吹は、一段と表情が渋くなる。だが、今はそこでつまずいている場合ではなかったので、グッと文句を堪《こら》えておとなしく話の続きを待った。

「……俺、涼さんなら知ってるかもって電話で訊いてみたんだ。そうしたら、幾つか思い当たる単語を教えてくれて。その内の一つが、アタリだったんだよな。それ、なんだと思う？」

「そんなの、俺が知るもんか」

「ＩＮＤＩＧＯ　ＢＬＵＥだよ」

「…………」

さすがに、山吹も言葉を失った。

あの強面《こわもて》の龍二が、一体どんな顔をして毎回そのパスワードを打ち込んでいたのかと思うと、想像するだけでこちらが気恥ずかしくなってくる。

「俺さぁ、涼さんから聞いてたんだよな。龍二さん、あれでかなりの可愛い物好きで、テディベアとかコレクションしてるんだって。なんか今までピンとこなかったんだけど、今日のパスワードで全部納得したよ。あの人、もしかしてすっごい少女趣味なんじゃねぇの？」

「だから、藍を気に入ってたのか……」

「気に入る、の範疇《はんちゅう》は、とっくに越えてると思うけどね」

深々とため息を漏らし、紺は再び本題に戻った。

「俺たちはパスワードがわかったんで、早速客からのメールボックスをチェックしてみたんだ。そうしたら、藍に関するメールだけ削除されてるらしくて見つからなかった。藍、すごくホッとした顔をしてたよ。やっぱり、自分宛てのメールなんか来てないじゃないかって。龍二さんが、そんなひどいことするわけないよってさ」

「おかしな奴だな。予約がないことを、気にしてたんじゃないのか」

「だろだろ？　俺だって、慰めようと思って話してやったのにさぁ。でも、まぁそれはいいや。とにかく、諦《あきら》めて閉じようとした時に……来たんだよ。藍への予約メールが」

「…………」

紺はそこまでいっきに話すと、疲れたように沈黙する。実際、あんなに藍が頑固で激しい性格だとは知らなかった。龍二を懸命になって庇《かば》い、疑惑を口にした紺に食ってかかるなんて、今までの彼からは想像もできない。そんなショックも手伝って、紺はひどくめげていた。

「……メール、見たのか」

「見たよ。そりゃあ、しばらくはためらったけど……。やっぱり興味あるじゃん？」

「まぁなぁ……」

「でも、読まなきゃ良かった。それ、男からの申し込みだったんだ。藍のこと可愛いってやたら褒めちぎってて、なんだか気色悪かった。その時、俺はやっと気がついたよ。龍二さんが、頑として俺たちにパソコンを触らせず、客からのメールも一切読ませなかった理由が」

「紺……」

「きっと、おかしなメールもたくさん来てるんだと思う。そりゃ、そうだよなぁ。世界中に顔写真バラまいて、お金次第であなたのお相手しますって宣伝してるんだから。そういう中から、まともな客を選んでセッティングして、なるべく俺たちに傷がつかないようにしてたんだよな」

「それは……それが、あいつの仕事だからだろう……」

「違うよ。兄ちゃんだって、わかってるだろ？　あいつ、俺たちのこと守ってたんだ」

しんみりと語る紺の言葉に、山吹も反論できなかった。

それが仕事だと言ってしまえばそれまでだが、金さえ稼げるならなんでもやらせる、というスタンスだって龍二は取ることができるのだ。現に口ではそう言っていたし、四人には支払う当てのない借金がまだ残っているのだから。

だが、龍二はそうはしなかった。紺は、改めてその事実を重く受け止めているのだろう。

「話が逸《そ》れちゃったけど。まぁ、そういうわけで藍は自分宛てのメールを読んじゃったんだよ。それで、勝手にOKの返事を出してデートの段取りを決めちゃったってわけ。置き手紙にも、そう書いてあっただろ？　親切そうな人だし、いつまでも自分だけが遊んでるわけにはいかないから、心配しないでくれって。多分、ここで自分が仕事を受ければ龍二さんへの疑いも晴れるだろうって、そう思ったみたいなんだよな」

「おまえ、どうして止めなかったんだ……」

「仕方ないだろ。それ、俺が夕方のショートデートに出てる時だったんだ。お客と夕メシ食って、戻ってきたら仕事に行くって藍の置き手紙があって……慌ててパソコンをチェックしたら、藍の返信メールが出てきたんだから」

「行き先は、やっぱり見当つかないのか？」

「……うん。龍二さんが俺たちに持たせた携帯、あるだろ？　向こうからの返信では、藍の携帯に電話を入れるから、その時に指示した場所まで来てくれってあったけど……。だけど……兄ちゃん」

「ん？」

「あの客、絶対にやばいよ。やばい感じがする……」

「…………」

いつになく幼い表情を見せる弟に、山吹はなんて答えようかと頭を巡らせる。こういう時、碧なら何か気の利いた慰めを口にできるのだが、自分はそういう気遣《きづか》いがとても下手《へた》なのだ。おまけに、紺とはかなり年が離れているので、これまでろくに兄弟らしい会話を交わした記憶もない。

「……おまえのせいじゃない」

気がついたら、口が勝手にそう動いていた。

「紺、心配するな。おまえのせいじゃないんだから」

「兄ちゃん……」

「くよくよしてないで、一緒に藍を捜し出そう。そいつ、そんなに危ない感じだったのか?」

「う……うん。メールの文面を見たら、藍とはこういう場所でこういうデートして、その時はこんな服を着てもらって……とか、やたらと詳しく書いてあるんだよ。どっかの大学で講師をしてるって自己紹介にあったけど、完全にいっちゃってる感じ」

「藍の携帯は? やっぱり通じないのか?」

「全然ダメ。電源、入ってないみたいなんだ。切られちゃったのかも……」

そう言うと、紺はますます暗い顔でため息をつく。その男にも何回かメールを送ってみたが、予想していた通り返事は戻ってこなかったらしい。

一体、藍はどんな相手にどういう場所へ連れていかれたのだろうか。それでなくても純粋培養で世間ズレしていない子なのに、と次から次へとろくでもない考えばかりが浮かんでしまう。

「なぁ、兄ちゃん。やっぱ、外に出て捜してみようか?」

「……そうだな。ここでジッとしていても、藍が帰ってくるとは限らないし」

「まったく……。なんで、勝手に仕事なんか受けちゃうかなぁ」

山吹と紺が顔を見合わせて、立ち上がろうとした時だった。

「なんだ、おまえら。今夜、予約が入ってたんじゃねぇのかよ」

「り、龍二……」

カラリと引き戸を開けて、ズカズカと龍二が入ってくる。どこかで手荒な真似《まね》でもしてきたらしくコートの裾《すそ》が少しだけ汚れていたが、本人はいたってご機嫌な様子だ。彼は顔色の悪い兄弟に怪訝《けげん》そうな視線を投げたが、すぐに話題は藍のことになった。

「どうした、掃除係は？　今日は休みなのか？」

「そ……それが……」

「なんだよ。早めに仕事が終わったんで、夕メシでも奢ってやろうと思ったのに」

何も知らない龍二に打ち明けるべきか否か、山吹は一瞬判断に迷う。

だが、どうせ彼がパソコンをいじればわかることだし、紺の悪い予感を信じるのなら一刻も早く藍を捜し出した方がいい。それに、こういう緊急事態の場合、自分たちよりも龍二の方が遥かに頼りになるのは明白だ。

「――なんだって？」

案の定、山吹と紺の話を聞くなり、龍二の目つきが鋭くなった。

「おまえら、何やってたんだ！　あんなぽやんとした奴に、いきなり男の相手なんか出来るわけがないだろうっ。紺、さっさとその客のメールを出せ！」

「は……はいっ」

「場所は携帯で指示する、だと？　また、ずいぶんと胡散臭《うさんくさ》い客が引っかかったもんだな」

イライラと爪《つめ》を噛《か》みながら、龍二は男と藍のメールを素早くチェックする。山吹が男のアドレスを指して、「心当たりは?」と尋ねてみた。

「知ってる。前から、藍にうるさくメールを寄越《よこ》してた奴だ。文面が変にねちっこかったんで、何度も予約を断わってたんだ。それでもしつこいから、もう着信拒否にしようかと……」

「藍の携帯、繋《つな》がらないんだ。こいつが、どこに藍を呼び出したか見当がつくか?」

「……待ってくれ。この男、確か……」

必死で記憶を探っているのか、龍二の瞳がますます研ぎ澄まされていく。

その変化を目《ま》の当たりにした山吹は、彼の気迫にずっと圧倒されっぱなしだった。今までただのチンピラだと思っていたが、本気になった時の龍二は内側からこんなにも真摯《しんし》な輝きを放つのだ。どういう経緯から彼が現在の荒《すさ》んだ境遇に身を置いたのかはわからないが、父親の補佐として多くの社員を束ねてきた山吹には、その資質がつくづく惜しいように思われた。

「そうだ、思い出したぞ。こいつ、予約を断わったのに一方的に待ち合わせ場所を指定してきたことが二回あったぜ。藍が来るまで待ってるって、泣き落としにかかりやがったんだ。その場所が、二回とも同じホテルのロビーだった」

「どこだ、そこはっ」

「ええと……畜生、メール削除しちまったからな……。あれは、確か……銀座《ぎんざ》のTホテルだ!」

「龍二！」

記憶がはっきりすると同時に、龍二が弾《はじ》かれたように駆け出した。山吹と紺が慌てて後を追いかけたが、すかさず「待ってろ！」と叱《しか》り飛ばされる。反発した紺は更に追おうとしたが、何を思ったのか山吹がそれを無言で押し留《とど》めた。

「なんだよ、兄ちゃんっ。藍が心配じゃないのかよっ」

「心配さ。だからこそ、龍二に任せた方がいい。俺たちが行っても、彼の邪魔になるだけだ」

「そ……そうかもしれないけどさぁ……」

「藍は、自分から依頼を引き受けているんだ。客が無理やり連れ去ったわけじゃない。こちらが大人数で騒ぎ立てるのは、まずいだろう」

「だって……俺の……せいなのに……」

いきりたっていた紺が、山吹のセリフでへなへなと力を失っていく。すっかり元気をなくした弟の頭を、山吹が慰めるように何度も優しくかき回した。

「紺、しっかりしろ。言っただろう、おまえのせいじゃないって。大丈夫、龍二は頼れる男だ。藍を、ちゃんと連れ戻してくれるさ」

「そう……かなぁ……」

「……今まで気がつかなかったけど、おまえって困った顔が父さんそっくりだな」

「なっ、なんだよ、いきなりっ。兄ちゃんだって、偉そうにしてると母さんそっくりなくせにっ」

「そうか？」

そんなこと、生まれて初めて言われた。

山吹は薄く微笑むと、藍の無事を祈りながらもう一度紺の頭を撫で回した。


Tホテルの正面玄関にタクシーが止まり、制服を着たボーイが恭《うやうや》しい態度で近づいてくる。

だが、龍二は彼らを突き飛ばすようにして飛び出すと、ホテルの中へ駆け込んでいった。

「……ったく、あのバカはっ」

藍がここにいる確証はなかったが、手がかりが何もない以上賭《か》けてみるしかない。龍二はほとんど祈るような気持ちで、男が以前のメールで指定してきたロビーまで急いだ。

それにしても、迂闊《うかつ》だった。まさか、藍が勝手に仕事を受けるとは夢にも思わなかった。

「藍……」

今更後悔しても仕方がないが、きっかけが自分だと思うと、いくら悔やんでも悔やみ切れない。つまらない嫉妬《しっと》から予約のメールを握り潰し、藍一人に可哀相な思いをさせてしまった。神様がその報いを受けろと言うのなら、藍を見つけた後でなんでも甘んじて受けてやる。

龍二はそんな思いでロビーに出てみたが、それらしき二人組はどこにも見当たらなかった。

「畜生……どこだよ……」

荒く息を吐きながら、落ち着けと自分へ言い聞かせる。

確かに、藍の予約は独断で勝手に撥《は》ね付けてきた。もちろん、藍を見知らぬ相手とデートさせるのが嫌だったからに他ならないが、しかし本音を言えば龍二は心配だったのだ。他の三人に比べて藍は格段に危なっかしく、この仕事を任せるには不安要素が大きかった。

素直で優しい藍と一緒にいて、心地好く癒《いや》される人間は多いだろう。そういう意味でなら、藍は看板ホストになれたかもしれない。けれど、龍二にはわかっていた。他人を癒す分、藍は激しく疲弊する。いずれ、ボロボロになって壊れてしまうに決まっている。そうなるのがわかっていて、仕事を回す気にはなれなかった。いつまでも「予約がない」なんて嘘《うそ》は通用しないと思っていたが、それでも手元に置いておきたかった。

「どこだ……どこなんだ……」

このホテルじゃないのか、と愕然《がくぜん》とする思いで龍二は呟く。もし違っていたら、致命的な時間のロスだ。藍は他人と寝た経験がない、と言っていたが、相手の男ははたして何もしないで藍を帰してくれるだろうか。儚《はかな》い希望を抱《いだ》きながら、龍二はウロウロとロビーをさ迷った。

「あいつら、本当にここにいるのか？　変なこと、されてやしないだろうな？」

フロントで尋ねても無駄だと思い、今度は閉店間際のラウンジへと向かう。ここはロビーと併設しているので、ひょっとしたら誰かが藍を見ているかもしれない。若いウェイトレスを捕まえて藍に似た男の子がいなかったか訊いてみると、彼女はしばらく考え込んでから、思い切ったような様子でコクンと頷いた。

「三十分くらい前まで、ここでお茶をしていたお客様がいます。お一人は四十代くらいで、もうお一人は可愛い顔立ちの男の子でした。多分、おっしゃってるのはその方たちのことだと思います」

「本当に？　間違いないですか？」

「……間違いないと思います。中年男性の方のお客様は、よくおみえになりますから……」

やった、と龍二は胸で叫んだ。三十分前なら、急げばきっとまだ間に合う。後は、ラウンジを出た二人が何階のどの部屋に向かったか、だ。

どうやって調べようかと、逸《はや》る心を抑えながら検討していると、ウェイトレスの彼女が遠慮がちにコートを引っ張った。何事かと見返すと、彼女は素早く周囲を見回してから声のトーンを一段落として話し始めた。

「あの……本当は、私がこういうお話をするのは、非常にまずいんですけど」

「え？」

「だけど、個人的にもう我慢ができません。第一、ウチは歴史ある立派な老舗《しにせ》ホテルなんです。それなのに、いかがわしい行為に使われるなんて……私には耐えられませんっ」

「ちょ、ちょっと、それはどういう……」

「はっきり申し上げますと、あの中年男性は要注意人物なんです。今までに三回、お部屋でトラブルを起こしています。毎回違う男の子を連れて泊まられるんですけど、そのお相手と大喧嘩《おおげんか》なさって部屋の家具を壊したり、別の時はお相手が怪我《けが》をされてドクターを呼ばれたり……。男の子がカッターを廊下で振り回しながら、近づいたら刺すって脅していたこともあったんですよ」

「なんだって……」

「絶対に、部屋でおかしな真似をしてるに違いありません。でも、社長のご親戚とかでいつも悪びれもせずにいらっしゃって……従業員は、皆迷惑しているんです」

彼女は不愉快な顔を隠しもせず、男の振る舞いは目に余る、と訴える。聞いていた龍二は嫌な感じに胸がざわつき始め、いてもたってもいられなくなってきた。だが、いくら問題のある客でも、ホテル側はおいそれと部屋番号など教えてはくれないだろう。

すると。

「七階です。伝票に、部屋番号のサインをしているのがちらりと見えました」

男の人相と共に、彼女は早口でそれだけを教えてくれた。

「七階って言ったって……部屋は何十とあるんだぞ……」

ジリジリする思いでエレベーターに乗り、各階の数字が点滅していくのを見つめる。

藍は、どうしているだろうか。ウェイトレスから聞いた不穏な話がぐるぐる回り、龍二は大声で名前を呼んで歩きたくなる。けれど、血相を変えて藍を捜していると知れば、逆に男が部屋から出てこなくなる可能性の方が高い。

「どうすんだよ……」

バン！　と腹立ち紛れに壁を叩いた直後、エレベーターが七階へ到着した。

Tホテルは名前は通っているが、古いせいか部屋数はそう多くはない。しかし、ドアを一つずつノックしていくのは時間の無駄だし大変な労力だ。

何か、何かないだろうか。もっとも早く、藍を見つけられる方法が。

ふかふかの廊下を闇雲《やみくも》に歩きながら、効率の良い方法はないものかと、龍二は懸命に考えた。先刻ウェイトレスが話していた「連れの怪我」という言葉が気にかかる。もし、藍の身体にかすり傷でもついていたら、自分はその男を半殺しにしてしまうに違いない。

「二人……いや、片方でもいい。なんとか、上手く呼び出す方法は……」

ふっと、壁に備えつけられた小型の消火器が目に入った。

その隣には、火災報知器。

次の瞬間、龍二は迷うことなく赤いボタンに指を伸ばしていた。

「火事だぁ――っ！」

けたたましいベルの音に負けまいと、あらん限りの声で叫び回る。両手に消火器をしっかりと抱え、大声でわめきながら廊下を駆けていくと、次々とドアが開いて中から宿泊客が顔を覗かせた。時刻は、そろそろ九時に差しかかった頃だ。お陰で宿泊客の大半が部屋におり、皆が面食らった様子で見守る中を、龍二は「火事だ」とわめきながら必死で走り続けた。

その時、ちょうど廊下の突き当たりに位置する部屋のドアが、ゆっくりと開かれた。

「一体、なんの騒ぎ……」

「火事です、早く避難してくださいっ！」

出てきた男の顔に直感でピンときた龍二は、消火器ごと思い切り体当たりする。ぐらりと相手の身体が傾き、二人はもんどりうって部屋の中へ倒れ込んだ。背後のドアがゆっくりと閉まり、外部のざわめきが徐々に遮断されていく。ホテルの人間が手を打ったのか、いつの間にか火災報知器の音も静かになっていた。

「藍っ！」

「……龍二さん……」

男を下敷きにして素早く起き上がった龍二は、藍の姿を見て愕然とする。

ダブルの部屋に用意された、広いベッド。その上に座り込んでいる藍は、素肌に白いシーツを腰から下に巻きつけている。だが、問題はその両腕だった。

藍の細い手首に、幾重もの紐《ひも》がきつく巻かれている。

「この……クソ野郎っ！」

一瞬で頭に血の昇った龍二は、倒れたままの男に蹴《け》りを入れようとした。しかし、すんでのところで藍が見ていることを思い出し、歯噛みする思いで踏みとどまる。男は龍二に体当たりされて床に後頭部を打ちつけたらしく、頭を抱えながら痛そうに呻《うめ》いていた。

龍二はホッと息をつくと、ゆっくりとベッドまで歩み寄る。生け捕りにされた小動物のように、藍が情けなさそうな顔でこちらを見上げていた。

「……おまえ、何やってんだよ……」

「ご、ごめんなさい……」

「びくつくな。俺は、おどおどした人間が大嫌いなんだ」

「うん、知ってるよ……。でも、ごめんなさい……」

両手を縛られた状態で、藍がぎこちなく微笑んでみせる。よほど怖かったのか、懸命に笑みを浮かべながらも、白い指先は小刻みに震え続けていた。

胸が潰れるような思いに襲われて、龍二は藍から視線を逸らす。目に入ったのは、ベッドの傍らにコレクション然として広げられていた、えげつない器具やら衣装やらだった。これを藍に使うつもりだったのか、と思うだけで、目眩《めまい》を覚えるほどの怒りがこみ上げてくる。状況から察するにまだ大事には至らなかったようだが、まさに危機一髪という感じだった。

「――藍」

「な……何……？」

「おまえさえ、許すなら」

龍二は、一言一言を区切るように発音する。

「今ここで、この変態野郎をぶっ殺す」

「許さないよっ」

藍が、きっぱりと即答した。龍二から、本気の匂《にお》いを嗅《か》ぎとったのだ。

手首の紐を解《ほど》いてもらっている時も、藍は念を押すように何度も言った。

「龍二さん。お願いだから、お客さんを殴ったらダメだよ……？」

「大きなお世話だよ。どうせ、毎日誰かを殴ってるんだ」

「でも、今日のは僕が悪かったんだから。この人はちょっと変態だけど、ちゃんと断われなかった僕の責任だし。でも……来てくれて、本当はすごく嬉しかった。どうもありがとうございます」

「どういたしまして」

むっつりと仏頂面で紐を放《ほう》り投げると、龍二は藍の両手を引っ張って立ち上がらせる。シーツの隙間《すきま》から覗ける肌が痛々しくて、早く服を着ろ、と身振りで乱暴に命令した。

「おい、あんた」

藍がバスルームで着替えている間に、龍二は床にうずくまっている男へ向き直る。ツカツカと近寄って顔を覗き込むと、男はいかにもバツが悪そうに表情を歪《ゆが》めた。

なんて醜いんだ、と吐き気を堪えて睨みつける。

それから、ありったけの憎悪を込めて、龍二は恐ろしい声を出した。

「いいか、二度とアクセスしてくるなよ？」

「………」

「俺はなぁ、その気になれば、あんたを社会的に抹殺するくらい簡単にできるんだ。そっちがSM趣味の変態だろうが、個人の性的嗜好《しこう》にまで口を出す気はないけどな。ただ、聞けばいろいろ問題を起こしてるらしいじゃないか。やっぱり、無理強《じ》いは良くないよ。何事も愛がなくちゃなぁ。そうだろ、オッサン？　違うか？」

「ち……違いません……」

「だったら、俺の言うことわかってるよな？」

酷薄そうに笑いながら、龍二は男の左耳を力任せに抓《つね》りあげる。悲鳴のような掠れた声が、ひゅうと男の口から漏れてきた。

残酷な笑みをたたえた顔で、龍二はゆっくりと男にささやく。

「忘れるなよ。あれは——俺のものだ」

「龍二さん、お待たせしました」

呑気《のんき》に明るい声がして、いつものシンプルな格好に戻った藍が姿を現した。龍二はパッと男から手を離すと、足下《あしもと》に転がった消火器を拾い上げる。

座り込んだまま、激しく怯《おび》えて後退《あとずさ》りする男を見て、藍がサッと顔を曇らせた。

「龍二さん、何かしたでしょう？」

「してねぇよ、なんにも。ちょっと、お話ししただけさ。なぁ、オッサン？」

「また、そんなこと言って……。それに、その消火器どうするんですか。ちゃんと、あった所に返さないと皆が困る……」

「いいから、帰るぞ」

華奢《きゃしゃ》な身体をひょいと抱き寄せ、ほとんど引きずるようにして部屋を後にする。藍が心配になって振り返ると、少しでも龍二から離れたいのか、男が四つん這《ば》いになってベッドの陰へ隠れるところが見えた。


「うっわ……」

八畳ほどのワンルームに一歩足を踏み入れた途端、藍がポカンと口を開ける。

すっきりと家具の少ない中、ベッドの脇に置かれた棚だけがやたらと賑《にぎ》やかなのだ。

「すごい、これって……全部テディベアですか？」

「いや、少しだけウサギと犬とサルも混じってる」

「本当に？　日本昔話みたいだ」

間の抜けた感想を口にして、藍は感心したように飾られた小さなヌイグルミたちを眺める。中には有名なメーカーの限定品もあり、龍二のコレクションが相当気合いの入ったものであることを窺《うかが》わせた。

あの後、火事騒ぎの責任を男に押しつけて、二人はTホテルからまんまと脱出に成功した。協力してくれたウェイトレスが言った通り、男の所業に前から手を焼いていた支配人はこれ幸いとばかり、「今後あの客の出入りは一切禁止にする」と息まいていたようだ。恐らく、これでTホテルにも平和が訪れることだろう。

真《ま》っ直《す》ぐ店へ戻っても良かったのだが、藍はまず龍二のマンションへ寄らせてもらうことにした。縛られた時に付いたすり傷が幾つかあったので、手当てをした方がいいと言われたからだ。「傷だらけで帰ったら、山吹たちがまた大騒ぎする」というセリフには、妙な説得力があった。

「なんか、龍二さんの部屋って全然想像と違ってた」

傷痕《きずあと》に消毒をして絆創膏《ばんそうこう》を貼ってもらう間、藍はしみじみとそんな呟きを漏らす。ひんやりとしたフローリングの床にぺたんと腰を下ろし、いかにも龍二らしい殺風景な部屋をぐるりと見回しながら、再びヌイグルミの棚に目を戻した。

「まるで、女の子と住んでるみたいだよね。こんなにたくさん、テディベアがあって」

「ああ。もともと、妹の物だからな」

「え……」

「一番端っこの、小汚ねぇクマ。あれが、妹の持ってた最初のヌイグルミだ。十歳の頃、ちょっと面倒な病気で長いこと入院してた時、淋しいだろうって次から次へとヌイグルミ買ってやってさ。でも、デカいと病室で邪魔になるだろ？　そんで、手のひらサイズの奴が自然と多くなった」

「そうだったんだ……」

「おかしなもんだよな。妹を喜ばそうと思ってあれこれ見て回ってる内に、気がついたら自分までハマってたなんてさ。今じゃ、立派に俺自身の趣味になっちまってる。笑えるだろ？」

藍の手当てを終えた龍二は、ハイライトの煙をくゆらせながら、淡々とそんな話を口にする。なんだか、今まで知らなかった新しい顔を見るようで、藍は胸から喉《のど》までがキュッと詰まるような感じになった。

「あの……龍二さん……」

「ん？」

「妹さんって、今は……」

「…………」

「あ、ごめんなさいっ。僕、うっかり……その……忘れてくださいっ」

無意識に口にしてしまった言葉を、藍は後悔の念と共に強く否定する。龍二が自分のことを話してくれたのが嬉しくて、無神経に踏み込んでしまうところだった。

藍の慌てぶりがおかしかったのか、龍二は唇の片端を不器用に上げる。その口許から煙がゆらりと立ち上り、藍は思わず懐かしい思いにとらわれた。まだ『ラ・フォンティーヌ』がホストクラブだった頃、こうして煙草をくゆらす龍二に「ポイ捨てはダメです」と説教をしたのを思い出したのだ。ヘビースモーカーの龍二はいつでも煙草をくわえていて、彼が取り立てに来た後は狭い店内がいつも煙で真っ白になった。

(なんだか……遠い昔のことみたいだなぁ……)

閑古鳥の鳴く真夜中、それでも四人でいれば退屈なんてしなかった。ユリカをまじえてトランプをしたり、山吹の目を盗んで紺が酔っぱらったり、あの店には独特の時間が流れていたように思う。デートクラブは確かに繁盛しているが、皆のスケジュールがバラバラなので、今では前のようになんでも四人一緒というわけにはいかなくなってしまっている。藍には、それが少し淋しかった。

(でも、そんなの贅沢《ぜいたく》だよね。せっかく、龍二さんが力になってくれてるのに)

感傷的な気分を振り払い、もっと明るい話はなかったかと考える。だが、藍が口を開く前に龍二の方から話しかけてきた。

「おまえは?」

「はい?」

「おまえらの両親からは、まだ連絡がねぇのかよ」

「……まだです……」

「そっか……。しかし、とんでもねぇ親たちだよな。子どもに借金残して、自分たちだけ海外にとんずらするなんてよ。俺の親はとっくに死んでるけど、そっちはちゃんと生きてるんだろう？」

「正直言って、借金のことはまいったけど……。山吹兄さんが言うには、まさか子どもたちが払うことになるとは思わなかったんだろうって。なんせ、僕たちなんか比較にならないくらいの箱入りで育ったらしいですから。会社の経営だって、実務は優秀な人に任せきりで、ほとんどお飾りみたいなもんだったし。だから、親に対して腹を立てたり驚いたりするの、もうやめたんです。生きてる次元が、僕たちとは違うんだってことにして。元気でいてくれるだけでいいじゃないかって結論を出したら、それでけっこう吹っ切れました」

「……藍に言われるようじゃ、相当だったんだな」

世の中、上には上がいるものだ。

龍二の一言は、そんな言葉を含んでいるようだった。

「そうだ。話が変わるけど、おまえ携帯の電源切ってただろう？　それとも、あの客に切れって命令でもされたのか？　携帯さえ繋がれば、もっと穏便に迎えに行けたのによ」

「ち、違うんです。あの……僕だけ全然使う用事がなかったから、マメに充電してなくて。

さっきのお客さんから、Tホテルで待ってるって言われた直後にバッテリーが……」

「切れたのか？」

申し訳ない気持ちになりながら、藍は小さく頷く。自分の準備さえ万端であったなら、山吹たちはおろか龍二にまでこんな心配はかけずに済んだのだ。それがわかっているだけに、言い訳の余地がまるでなかった。

「おまえって……」

思った通り、龍二が絶句している。

気のせいだろうか、彼の後ろに飾られたクマたちも一斉に呆れているように見える。

吸いかけの煙草を灰皿に置き、龍二は深々とため息をついた。

「なんか、退屈しねぇなぁ」

「は？」

「いつだって、突拍子もないこと言ったりやったりするじゃねぇか。突然、俺に抱いてください って迫ってきたり、ろくにホストも務まらないくせに癒しがどうだとか説教始めたり。泣いたり行方不明になったり縛られたりで、次に何をやりだすのか見当もつかねぇよ」

「…………」

龍二は気の抜けた顔で笑っているが、いつだって真剣な藍は複雑な気持ちだ。なんでも裏目に出てしまうのは事実だが、別に龍二を楽しませようと思ってやっているわけでもない。

けれど、そんな文句を言うヒマもなく龍二の指が頬に触れてきた。初めは様子を窺うようにそっと指先で撫でていたが、やがて手のひら全体で柔らかく右の頬を包まれる。

「不思議だな」

いつになく穏やかな声音で、龍二がささやいた。

「見当がつかない上に、触りたくなる」

「……僕に？」

「おまえ以外に、誰がいるんだよ」

とぼけた答えにも拘《かかわ》らず、龍二はふっと真面目《まじめ》な顔になった。

彼の手の中で、藍は静かに目を閉じる。

くすぐったいほどの幸福感の後で、唇がゆっくりと深く重なり合った。

生まれたての甘い吐息が、互いの舌の上で優しく溶ける。二度目はないと諦めていただけに、藍はたちまち龍二とのキスに夢中になった。

「……う……んっ……」

喉を鳴らしてため息を飲み込み、悪戯な舌を必死でやり過ごそうとする。けれど、意味深に唇をつつかれる度《たび》に、藍の身体は小刻みな震えに襲われた。触れ合った場所から切ない想《おも》いが膨《ふく》らみすぎて、今にも心が弾けてしまいそうだ。

どうして、こんなに……と藍は胸で呟く。

龍二にキスをされただけで、どうしてこんなにうっとりとしてしまうんだろう。何もかも忘れてギュッと抱きしめられて、呼吸をするようにキスをしていたい。本気でそんなことを願ってしまうくらい、藍は満ち足りた想いに浸り切っていた。

好きなんだ、とそっと心で言葉にしてみる。

色仕掛で龍二を落とそうとした時に、夢中で「好きだ」と口にした気持ちが蘇《よみがえ》った。

「藍……藍……」

「……ん……」

うわ言のように名前を呼ばれ、何度目かのキスを受ける。

けれど、藍はすぐに不安にかられた。あの直後に、自分から「好きだなんて嘘だ」ときっぱり否定をしてしまったのだ。今更、同じ告白をして信じてもらえるか自信がない。仮に信じてもらえたとしても、龍二が自分と同じ気持ちだとは限らなかった。

抱きしめられて、キスをされている。

危ないところにも、飛び込んで助けに来てくれた。

挙句《あげく》に「触りたくなる」とまで言われたけれど、それ以上の言葉を貰ったわけではない。

「龍二さん……僕……」

結局、藍は何も言えなかった。第一、自分は龍二と同じ男であり、返し切れない借金を目一杯背負っている立場なのに、その返済のための仕事も満足に務めていない。愛だ恋だと騒ぐ前に、やらなくちゃいけないことは山のようにある。

「僕は……」

「……どうした、藍？」

「な、なんでもないです……」

いつかは、好きだと告白できる日が来るのだろうか。

龍二の胸に包まれて、藍はひっそりとため息をついた。

3

「それで？　龍二さんがどうして藍の予約だけ握り潰してたのか、ちゃんと訊いたのかよ？」

「あ……訊かなかった……」

「ほぉら、これだもんなぁ」

大袈裟《おおげさ》に肩をすくめて、紺がやれやれとかぶりを振る。彼は並べて敷いたせんべい布団の上にあぐらをかき、起きぬけでまだ寝ぼけ眼《まなこ》のままの藍を冷ややかに見つめた。

「おまえね、昨日の晩、俺と兄ちゃんがどれだけ心配したと思ってるんだよ？　それを電話の一本も寄越さないで、真夜中にのこのこ帰ってきやがって。そんで、何があったかと問いつめてみれば、龍二さんのマンションに行って遅くなっただとぅ？　おまえ、俺たちに喧嘩売ってんだろ」

「そんな……本当に悪いと思ってるよ。でも、映画みたいに危機一髪なところを龍二さんが助けに来てくれたんで、僕……なんか頭がボーッとなっちゃって……」

「お陰で、俺と兄ちゃんは帰ってきた碧にえらい苛《いじ》められたぜ」

思い出すのも恐ろしいのか、いっきに沈んだ声で紺は言った。

「俺、未《いま》だかつてあんな怖い碧を見たことがねぇ。なまじ綺麗な顔だから、すっげぇ迫力が出るんだよな。そりゃもう、目から冷凍ビームでも出しそうな雰囲気で……」

「ふ……ふぅん。なんか、本当に怖そうだね……」

「バカ野郎、怖いなんてもんじゃねぇよっ。お陰で、昨夜《ゆうべ》は悪夢まで見たんだぞっ」

「あ、そういえば、紺うなされてたよ」

一体、誰のせいなんだ……と恨めしげに睨まれて、藍は懸命に笑ってごまかそうとする。まさか、龍二にキスされてうっとりしていたとは、口が裂けても言えなかった。

「でも、心配かけたのは本当に悪かったと思ってるよ。後で、碧や山吹兄さんにもちゃんと謝るから。紺も……ごめんね。もう、あんな真似二度としないよ」

「そうしてくれ。マジ、生きた心地しなかった」

「……うん、約束する。龍二さんがね、そんなに仕事がしたいなら、これからちゃんと僕にも予約を取ってくれるって言ったんだ。だから、僕も勝手なことはしないって約束した」

「それ、マジで？　本当に、龍二さんが藍にそう約束したのか？」

「う、うん……。きっと、今まで僕が頼りなかったから、龍二さんも予約を受けられなかったんだと思うんだ。だから、ちゃんと頑張りますって言ってきた。そうしたら、おまえも掃除係をやっと卒業だなって笑ってたしさ……」

「へぇ……そうなんだ……」

何が気にかかるのか知らないが、藍の話を聞いても紺はずいぶん懐疑的だ。龍二が自分にも仕事を回すと言ったことがどうしてそんなに彼を驚かせるのか、涼と紺の会話を知らない藍にとっては、さっぱり謎《なぞ》なのだった。

「でもさ、藍」

突然、紺の口調が深刻なものに変わる。

「頑張るって気軽に言うけど、俺には藍がこの仕事に向いてるとは思えないな。涼さんだって、同じこと言ってたぜ？　藍だけは人種が違うって。ホストなんかで感情を切り売りしてたら、ボロボロになるのがオチだってさ」

「涼さんが？」

「なぁ、もう一度よく考えてみろよ。そりゃあ、焦《あせ》る気持ちはわかるけどさ。何も、ホストだけが金を稼ぐ方法じゃないだろう？　俺や兄ちゃんや碧はたまたま上手くいったけど、藍には他に相応《ふさわ》しい仕事があるはずだよ。もちろん、借金があるからそう悠長にもしてられないけどさぁ……」

「………………」

自分に相応しい仕事。

そんなこと、考えてもみなかった。

とにかく選《え》り好みなんてしている場合じゃないと思ったし、百八十度変わった生活に自分を慣れさせるので精一杯だったからだ。藍だけじゃなく、初めは皆が同じ心境だったはずだ。

（だけど……――）

状況は、少しずつ変化しつつある。今までは何かとピントがズレがちだった四人も、それぞれが自分の適性をみながら現実と歩幅を合わせ始めていた。まだまだ葛藤《かっとう》はたくさんあるが、少なくとも半年前に突然路頭に迷った時と比べれば、自分以外の三人はずいぶんタフになった。傍《はた》で見ていた藍は、そのことを素直に尊敬している。

（それなら、僕はどうなのかな……。少しは、僕も成長してるんだろうか……）

自信ないな、と藍は肩を落とした。

前に、龍二から「皆のペット」と言われて腹を立てたが、確かに今のままでは自分が情けなさすぎる。せめて、皆の足を引っ張る存在からは一日も早く脱したい。

そうして、いつか龍二にも一人前の男として、自分のことを見てもらいたいのだ。

（そのためにも、やっぱり回された仕事は頑張らなくちゃ）

紺の意見は有難かったが、向き不向きを考えるのはやはり借金を完済してからだ。それに、龍二が選んだお客なら、そんなにひどい目にも遭わないだろう。

「――あ。台所から、美味《おい》しそうな音が聞こえる。あれ、碧の目玉焼きだよね？」

「え？　あ、ああ……そうだな。じゃ、俺たちもそろそろ起きようか？」

やたらと元気な藍につられて、紺もようやく笑顔をみせる。

心機一転、今日から新たに気合いを入れ直そう。

そんな決意を胸に、藍は張り切って布団を畳み始めた。

同じ頃。

珍しく早い時間に社長から呼ばれ、龍二は会社のビルへ出向いていた。

「龍二や。噂には聞いていたが、例のデートクラブ順調そうだな」

「はい。客筋を金持ちに絞ったのが、逆に良かったようです。あいつら育ちはいいんで、ボロ家でくすぶらせるよりはそれなりの場所に立たせた方が、本領を発揮するみたいですよ」

「相変わらず、目利きだな」

革張りの椅子にゆったりと座った社長の雨宮《あめみや》は、平坦《へいたん》な声音で龍二の労をねぎらう。だが、龍二は直立不動の姿勢を取ったまま、決して油断をしなかった。わざわざ部下を呼び出して社長室で話を聞きたがるのは、雨宮の機嫌があまり良くない証拠だからだ。褒め言葉を鵜呑《うの》みにして、この部屋から病院へ直行した人間を今までに何人も見てきていた。

「だがなぁ、龍二。俺は、ちっとばかし不満なんだよ」

案の定、ガラリと声のトーンを変えて雨宮は言った。

「何故《なぜ》だかわかるか？　ん？」

「借金の返済に関しては、毎月五十万ずつで三ヵ月分、きっちり回収してあります。デートクラブの収入が順調なので、今後は前倒しでの返済も可能でしょう。三年なんてかからずに、すぐ全額回収できますよ」

「何が五十万だ。俺は、あのクソ弁護士の出した条件なんざ、最初っから認めてねぇんだ。第一、あんなふざけた内容で取り引きもクソもあるかよ。そうだろ？」

「……はい」

雨宮の顔は笑っているが、決して目の光は柔らかくない。下手に声を荒らげない時の方が、彼の苛立《いらだ》ちは深いのだ。もともと雨宮は藍たちの返済計画を詐欺まがいだと罵倒《ばとう》し、ずいぶん腹を立てていた。だが、どうせ小口の相手だし、ない袖《そで》を振らせても仕方がないので取り立てを下っ端の龍二に一任していただけだ。

ところが、龍二の手腕でしょぼいホストクラブからインターネットのデートクラブへ商売変えをした途端、彼らは着実に収入を上げていった。上等な顧客がつき、龍二が管理する口座には連日十数万の振り込みがある。山吹がかつて夢見た月収三百万にはまだ遠いが、それだって今後の持って行き方次第だろう。そんな金の卵を、やり手の雨宮が放っておくわけがなかった。

「なぁ、龍二よ。おまえには、センスがある。俺がおまえを贔屓《ひいき》にしてるのも、そのはしこい頭があるからだ。おまけに、てめぇ自身には欲がない。いいことだ。本当に、いいことだよ」

「ありがとうございます」

「わかってんなら、あいつらからもっと搾り取れ」

「……………」

「三年の利子凍結なんて、そんなバカバカしい話があってたまるか。それじゃあ、時間がたてばたつほどうちは大損なんだよ。もっとバンバン稼がせて、半年以内に全額回収するんだ。いいか、客の選り好みなんかさせるんじゃねぇぞ。要は、金さえ持ってりゃ誰でもいい。もし回収できなかったら、そいつはおまえの責任だな？」

「しかし、半年は……」

「口答えか？　上等じゃねぇか。それなら三ヵ月だ。三ヵ月で全額取り返せ。わかったな？」

話は、それで一方的に終わった。

行っていいぞ、と手振りで追い払われ、龍二は無言で頭を下げる。

久しく忘れていた拳《こぶし》の痛みが、ぶり返すような気がしていた。


三月も間近だというのに、今日は真冬に逆戻りしたようにとても寒い。

こんな格好で良かったのかなぁ、と藍は暗い窓ガラスで服装をチェックしてみた。

龍二からの指示で、少し上等な場所へ出かける時のスーツを着用してきたが、童顔が浮かないようにあえてネクタイは外してある。カシミアのハイネックと合わせればそれなりに上品な仕上がりにはなっているが、相手に気に入ってもらえるかが心配だった。

「ええと、まずはにっこりと笑顔で挨拶をして……」

出かける前に碧からさんざんレクチャーされたあれこれを、藍は一生懸命おさらいした。本当は全《すべ》て頭にたたき込んであるのだが、一人で待ち合わせのテーブルにいる間にどんどん緊張が高まってきたからだ。約束の時間は、もう目の前に迫っていた。

実質上、今日が藍にとって初めての仕事となる。

龍二は約束した通り、一週間後には「おまえ向きの客だから」と言って本当に予約を受けてくれたのだ。内容は早めの軽い夕食を一緒に取ることで、拘束時間は三時間。おまけに難しい注文は一切なしという、初心者の藍に相応しい内容のものだった。

「だけど……まさか、待ち合わせがこの店とは思わなかったなぁ……」

窓際のテーブル席に案内された藍は、懐かしい気持ちで地上三十五階からの景色を眺めている。指定された地中海料理の有名なレストランは、両親が好きでよく通っていた場所だった。シティホテルの最上階にあり、都心を一望できる景観がとりわけ父親のお気に入りだったのだ。

「夜しか来たことなかったけど、陽の落ちる一歩手前っていうのもなかなかなんだな」

外にも飽きたのでぐるりと店内を見回してみたが、ティータイムからディナータイムへと切り替わった直後のせいか、客の姿はまばらにしか見当たらない。レストランがこんなに閑散としているところを見るのも、藍には初めてのことだった。

最初の依頼内容がソフトでも、安心はしてらんないんだぜ。

藍の脳裏に、ふと紺が冷やかし半分に言ったセリフが思い出される。お客が藍を気に入った場合は、拘束時間の延長や依頼内容を変更することも可能だからだ。待ち合わせがホテルのレストランという点から、紺は「客に下心あり」とでも考えたらしい。

「でも、最初っからベッドまで……って言うのは、ありなのかなぁ、やっぱり……」

龍二からは、その辺りについて何も聞かされていない。教えられたのは、今日のお客が女性ではなくて初老の紳士だということ、藍の写真を見て「ぜひ彼と会いたい」と熱意のこもったメールを送ってきたこと、などのごく基本的なデータだけだ。熱心だがこの間の変態男と違って、文面も身元もきちんとしていたから、というのが受けた理由らしい。

しかし、相手が初老の紳士だと聞くと、やはりベッドコースは想像しづらかった。一応、心構えだけはしておかなくてはと思うものの、いざとなったら冷静に対応できるかもわからない。

「何しろ、僕の初体験は失敗続きだし……」

暮れ始めていく空を見て、藍は不安を募らせていった。

最初は龍二に迫って玉砕し、次には覚悟を決めて予約を受けたら相手がSM趣味だった。

そんなわけで、藍はまだセックスに関しては未経験のままだ。童貞のホストというのもある意味希少価値はあるだろうが、龍二はそこら辺をどう考えているのだろう。

龍二さんは平気なのかな、とふっと藍は考えた。

彼とは何度もキスをしているけれど、藍が別の人間とキスをしたり寝たりすることを、龍二は本当のところどう思っているのだろう。少しは、妬《や》いたりしてくれてるんだろうか。

「……そんなわけないか。今日のセッティングだって、龍二さんがしたんだもんな」

我ながらバカなことを……と、すぐに期待を打ち捨てる。ほんの一瞬とはいえ、ずいぶん甘いことを考えてしまった。もしも龍二が嫉妬の欠片《かけら》でも感じていたら、こんな仕事を斡旋《あっせん》するわけがない。どこの世界に、想い人を進んで他人とデートさせる奴がいるだろう。

「あれ？　でも、紺はすごく驚いてたよな……？」

今度から龍二に仕事を回してもらうんだ、と話したら、紺は信じかねるような顔をした。あの表情に藍は妙な違和感を感じたのだが、一体どうしてだったのだろう……？

「なんだろう……なんか、気になるんだけど……」

「はじめまして。お待たせして、申し訳なかったですな」

「はい？」

すっかり考え事に耽《ふけ》っていた藍は、突然かけられた声にビクッと顔を上げる。

そこに、小柄だがやたらと貫禄をもった老人が笑って立っていた。

「おせぇぞ、藍。三十分オーバーだ。ちゃんと、延長料金は貰ったか？」

「龍二さん……」

ホテルから外に出てきた藍は、思わず我が目を疑った。ひらりと回る回転扉を出たところで、龍二が不機嫌そうに待っていたからだ。寒空の下に長く立っていたせいか心持ち猫背になった彼は、高価そうなコートのポケットに両手を突っ込んでいた。

「なんで、こんなとこにいるの？　ロビーで待ってたら良かったのに……」

「偶然、この近くに用事があったんだよ。別に、わざわざ来たわけじゃない」

「……そうなんだ」

子どものような強がりを信じたわけではなかったが、藍はにっこりと微笑み返す。同時に、真っ白な息がふわっと視界を遮《さえぎ》った。それを見た龍二が、自分の巻いていた青いマフラーを無造作に藍の首へ引っかける。そのまま礼を言う間もなく、彼はさっさと歩き出した。

「あ、ちょっとまってよ。龍二さんってば」

「おまえ、最近タメ口増えてねぇか？」

「街に帰るんでしょ？　じゃあ、一緒に帰ろうよ」

「……人の話を聞けって」

渋々といったポーズを取りながら、龍二は少しだけ歩く速度を緩めてくれる。ようやく藍が隣に追いつくと、つっけんどんな口調で「どうだった？」といきなり尋ねてきた。

「どうだったって？」

「だから、いい客だったか？　何かヘマして、怒らせたりしてねぇだろうな？」

「心配しないでください。あのね、すごくいいおじいさんでした。想像していたよりもお年寄りみたいだったけど、とってもお元気で。あと、あのレストランにも久しぶりに行けて嬉しかったなぁ。あそこのパエリアとブイヤベースが、すっごく美味しいんですよ」

「そんなもん、どこでだって食えるさ」

「いろいろ、お食事しながら話しました。その後は、ラウンジに移ってのんびりしたり。なんだか、とってもお金持ちの人みたいだったな。車に乗るところまでお送りしたんですけど、迎えに来たのも運転手付きのロールスロイスだったし。僕のこともけっこう訊かれたけど、年齢はちゃんと二十歳で通しましたから」

「当たり前だろ、ボケ」

「でも、名前は皆も本名で通してるから、僕も素直に言っちゃった。海堂寺藍ですって」

「……それはな、藍。あいつらの、開き直りってヤツなんだよ」

龍二は歩きながらハイライトを取り出すと、少しイライラしたように火をつける。二人の間に沈黙が訪れ、藍はもっとたくさん話したいのにな……ともどかしい思いにかられた。

話したいし、訊きたい。

龍二のことを、もっともっと知りたい。

「龍二さん……あの……」

「なんだよ？」

「あの、今日って……もしかして……」

初仕事だから、心配して来てくれたのかな。

思い切ってそう訊いてみたかったけれど、どうせ龍二は素直に答えてくれそうもない。

「えっと……」

「……変な奴」

話の途中で黙り込んでしまった藍に、煙を吐き出しながら龍二が呟いた。

「おまえ、大丈夫だったか？」

「え？」

「ちゃんと、この仕事続けられそうか？」

「龍二さん……」

ああ、やっぱり……と、藍は嬉しくなる。やっぱり、龍二は自分を心配して来てくれたのだ。忙しい彼がこうして気にかけてくれただけでも、藍はとても誇らしく幸せな気分だった。

けれど、贅沢な自分はつい「もっと」と望んでしまう。毎日、龍二と二人きりで会ったり、何も話さなくてもいいからこうして一緒に歩いていたい。そんな夢を見てしまう。

でも、それが叶《かな》わないことは承知していたので、せめて今の時間を大事にしたかった。

「あの……龍二さん」

「だから、なんなんだよ、さっきから」

「僕、この仕事もっと頑張りますね」

「………」

「涼さんも紺も、僕にホストは向いてないって言ってるけど……。でも、早く皆と力を合わせて借金を返さないと、龍二さんにも迷惑かけちゃうし……」

「藍……」

「できるところから、僕なりに頑張ってみます。だから、これからも」

藍が、そこまで話した時だった。

唐突に、龍二が足を止める。

何事かと驚いて藍も立ち止まったが、何しろ場所は歩道の真ん中だ。道行く人があからさまに迷惑そうな視線を投げながら、二人を避《よ》けて次々と通りすぎていった。

「龍二さん……?」

いつになく深刻な瞳の色に気づき、藍は一瞬前までの温かな気持ちが、淡雪のようにかき消えていくのをリアルに感じる。

一体、龍二はどうしてしまったのだろう。

自分は、何かまずいことを言ってしまったんだろうか。

「龍二さん、あの……」

「……いいから」

「え……?」

「いいから、頑張るな」

耳を疑うようなセリフが、龍二の口から零《こぼ》れ出た。わけのわからない藍は大きく狼狽《うろた》えたが、目の前の苦しげな表情は今の言葉が本気であることを物語っている。

「頑張るな……って……」

龍二は、何も答えない。きっと、訊いてはいけない質問だったのだ。それだけを悟った藍は、得体の知れない不安でたちまち胸が一杯になった。

何があったのかはわからないが、龍二はとても辛そうだ。さっきまでの軽口は、無理に普通を演じていただけだったのだ。どうして、それに気がつかなかったのだろう。鈍い自分に腹が立つと同時に、藍はなんとか彼を慰めなくては、と必死で方法を考えた。

「龍二さん……」

これまで、藍は何度も龍二の温《ぬく》もりに癒されてきた。自信がなくて落ち込んだ気分を、彼の唇で甘く浮上させてもらっていた。だから、今度は自分がそれを返す番だ。

立ち尽くす龍二に、ゆっくりと藍が両腕を伸ばす。

周囲を歩く人が数人、驚いたように足を止めた。

背伸びをしながら龍二に抱きつき、藍はギュッと彼を抱きしめる。

そうして、心のありったけを込めて、身じろぎもしない相手にささやきかけた。

「大丈夫。僕でできることなら、なんでもするから。だから、龍二さんは大丈夫だよ」

「藍……」

「僕じゃ頼りないと思うけど、一人よりはずっとマシでしょう？　僕は、龍二さんの側《そば》にいるからね。だから、安心して一緒に帰ろう？　山吹も紺も碧も、きっと僕と同じことを言うはずだよ」

「…………」

おずおずと、背中に龍二の手が回ってきた。

藍はため息をついて、抱きしめる腕に更なる力と祈りを込める。

僕が、ずっと側にいるから。

だから、安心して一緒に帰ろう――。

やばいんだよね、実際の話。

涼がそう言い出した時、その場にいた四人は誰も驚かなかった。

「やばいって……かなりまずい状態って、そういうことだよな」

「その通り。紺、わかりやすい解説をありがとう」

茶化《ちゃか》すような口をきいても、表情を緩める者は一人もいない。それは、言った本人の涼ですら同じことだった。重苦しい空気が『ラ・フォンティーヌ』を包み込み、全員が急に無口になった。

「まぁ、藍から大体の話は聞いてたけどさぁ」

口火を切ったのは、またしても紺だ。

「それに、最近ちょっと俺たち平和すぎたもんな」

「そういう発想も、どうかと思うけど。俺たち、すっかり不幸が身に付いちゃったねぇ」

「ふざけてる場合じゃないぞ、碧。今度こそ、最大のピンチかもしれないんだ」

「僕……あんな龍二さん、初めて見た。子どもみたいで、少しだけ途方に暮れた感じで。僕がギュッとしても、いつもの悪態が全然口から出てこないんだよ？」

昨日の龍二を思い返すと、それだけで藍は胸が痛くなってくる。まさか、龍二から「頑張るな」なんて言葉が飛び出すとは夢にも思っていなかった。

「結局、相手は取り立て屋なんだし。変に仲良くなりすぎると、お互い良くないのかもねぇ」

「それは言えてるな。俺たちも、だいぶ考えが甘かったようだ」

「あんたらが甘いのは、初めっからじゃないか」

山吹の一言に、涼がまたまぜっ返すような口をきく。だが、あまりに的を射たツッコミに、いつもならムッとして言い返してくる山吹も今日はおとなしかった。

息苦しい沈黙の中、『ラ・フォンティーヌ』の置き時計が夕方の五時を知らせる。店内はすっかり事務所化していたが、埃《ほこり》だらけの青いセロファンがまだしぶとく照明に貼りついていた。

「今更だけど……俺、この店が好きだったよ」

唐突に、涼が関係ないことを言い出した。

今日の彼は割に年相応な格好で、ポールスミスの三つボタンスーツをこざっぱりと着こなしている。その茶髪と銀のリングさえなければ、新卒のエリートにすら見えそうだ。

彼はしみじみと店内を見回し、隅においやられたテーブルやスツールを淋しそうに眺めた。

「本当だよ。幽霊が出るなんて噂になるくらい、すっげぇボロボロな一軒家でさ。いつ取り壊すんだって思ってたら、ある日あんたたち四人がやってきて。ここに住むだけならまだしも、ホストクラブをやるって言うじゃないか。もう、すっげぇ傑作だと思ったよ」

「おまえの言い草は、全然好きだったとは思えないな」

「なんでさ、山吹さん？　俺、メリットのない嘘はつかないよ？　あんたたちは、この街で一番どん詰まり。なのに、全員揃って飄々《ひょうひょう》としてる。夜の街に長く身を置くとね、いい加減どこかが澱《よど》んでくるんだよ。顔や身体や心なんかの一部がね。でも、ここだけは違う。しょぼくて明日の米にも事欠くような店だったけど、真夜中の風通しだけは素晴らしく良かった」

「…………」

「そういう意味では、間違いなくナンバーワンだったたね」

思いも寄らない破格の褒め言葉に、一同はしばし言葉もない。

やがて、藍が遠慮がちに小さく口を開いた。

「……だから、僕や紺を可愛がってくれてたの？」

「いや、おまえらを構うと山吹が嫌な顔するでしょ。それが見たかったから」

「涼っ！　おまえなぁっ！」

「――山吹。だから、そうやって乗せられないの。それで？　まず本題に戻らなくちゃ」

冷静な碧が冷たくたしなめて、さっさと話題を変えてしまう。昨日の龍二の態度がどうしても気にかかった藍が、「なんとなく嫌な予感がする」と碧に相談を持ちかけたところから、久しぶりの親族会議となったのだ。藍以外は夜の予約も入っているし、少しの時間も無駄にはできない。

山吹と犬猿の仲の涼を呼んだのも、龍二に関しては彼が一番の情報通だからだった。

「ねぇ、涼くん。さっき、かなり厳しそうなこと言ってたよね。龍二さんがやばいって、やっぱりあざみ金融からのプレッシャーがきつくなってるって意味なんでしょう？」

「さすが、碧さんは飲み込みが早いね。そう、今んとこ龍二がモロに被《かぶ》ってる。あいつ、ここでの取り立てがずっと甘かったじゃない？」

「バカ言うな。金は、ちゃんと返してるぞ。これからだって……」

「う〜ん……。実は、それが仇《あだ》になっちゃったんだよねぇ。それまでパッとしなかったあんたたちが、デートクラブでいっきに花開いたって感じでしょう。龍二が管理してる口座ってのは、早い話あざみ金融の口座だからね。今までとは段違いの稼ぎっぷりを見れば、社長だって欲を出すさ。無利子で月五十万の返済なんて、ちんたらやってられっかって思うのが人情だろ？」

「そんな……」

「や、約束が違うじゃないかよっ。俺たちはちゃんと弁護士をたてて……っ」

蒼白になる藍と血相を変える紺を、涼はひょいと肩をすくめてやり過ごす。

「だから、龍二が板ばさみになっちゃってるんだってば。しかし、あいつもやっぱり人の子だったんだね。お気に入りだった藍ちゃんに騙《だま》されかけて、情けは断ち切ったかと思ってたのにさ。結局は、もっとメロメロになってるんだもんなぁ」

「そ、そんなことないですっ」

冷やかしの言葉に、藍が慌てて首を振る。確かに「メロメロにしてやる」と誓ったことはあったが、今現在メロメロなのは自分の方だからだ。もちろんそんなことは言えなかったが、龍二の名誉のためにもちゃんと訂正はしてあげねばならない。

「またまた、藍ちゃんは可愛いね」

健気《けなげ》な決心など吹き飛ばす陽気さで、涼がけらけらと笑った。

「おっと、笑ってる場合じゃないか。ともかく、龍二が社長から圧力かけられたのは間違いないと思うな。あいつが人前でへこむなんて、相当事態は深刻なんじゃない。可哀相だと思うなら、早いとこ借金を返してやんなよ。このまんまじゃ、マジでやばいから」

「返すって言ったってさ、一体どうすればいいんだよ……」

脱力したように、紺が毒づく。いくら仕事が順調とはいえ、そんなに簡単に借金が返せるなら誰も苦労なんてしないのだ。

皆が同じ思いの中、沈黙だけがしばらく続いた。誰も言うべき言葉が見つからず、実行すべきアイディアも出てこない。今まで借金は自分たちだけの問題だと思っていた四人も、龍二が巻き込まれていると知ってしまった以上、深刻度は数倍に跳ね上がっていた。

まして、龍二に恋している藍にしてみれば、身を切られるよりも辛い気持ちだ。

「どうでもいいけど、早いとこ結論を出しちゃわないと、そろそろ龍二が来ちゃうんじゃない？」

心配しているのか面白がっているのか、読めない表情で涼が言った。

「俺たちの業界だと、お客に貢がせるのも仕事の内なんだけど。あんたたちには、そういう相手はいないの？　せっかく、上客が多いって評判なのに」

「……その気になれば……あるいは……」

妙に歯切れの悪い調子で、碧がそれに答える。本音を言えば、極力その方向でお客と付き合うのは避けたかったのだが、もうそんな綺麗事を言っている場合ではない。

腕組みをして黙っていた紺が、ヤケクソめいた口調で吐き捨てた。

「その気になったらって……ならなきゃなんねぇんだろ、畜生」

「とうとう、俺たちも詐欺師まがいのところまで来たってわけだな」

「山吹も紺も、今更四の五の言ってないで考えなきゃ」

憂鬱そうな碧の声に、全員が再び押し黙った。

それぞれが、自分の顧客の中でもっとも懇意にしている相手を思い浮かべる。

山吹は、年の割には精力的で若々しい、全国に数十の支店を持つエステサロンの女社長のことを考えてみた。彼女は最初のお客であり、山吹に擬似恋愛のルールを教えてくれた恩人でもある。金払いが良くて、頭が切れ、彼女と会うことは仕事を越えて良い刺激になっていた。

騙せない、と思う。

彼女に軽蔑《けいべつ》されるのは、まるで師匠に破門されるようなものだ。

一方、紺は一番ノリの合うバツイチ女性を思い出していた。

美雪《みゆき》という名前の彼女は、何かとお姉さんぶりたがるくせに甘ったれで、紺は女心の微妙なくすぐり方をだいぶ彼女で研究させてもらっている。その甲斐あって、一見派手でイケイケに見えても本質は繊細な彼女が、まだ離婚の痛手から立ち直っていないこともよくわかっていた。

ダメだ、とため息をつく。

金の話を持ち出せば、きっと美雪は何も訊かずにポンと出してくれるだろう。けれど、後から一人で泣くに決まっている。そんなこと、可哀相でとても出来やしない。

あの紳士なら……と、碧は考えた。

顧客というよりは崇拝者と呼んだ方が相応しい、そんな淋しい紳士のことだ。彼は相変わらず碧には指一本触れず、亡くなった家族のこと、感動した本や映画の話などを、ゆったりした時間の中で静かに語りながら遠い目を見せる。まだ充分に若いのに、全ての情熱を封印してしまったかのようだ。ただ一人、碧の存在だけが、今の彼を現実に縫い止めている。

あの紳士なら、たとえ全財産だろうと自分のために差し出すだろう。碧にはその確信があり、何故だか無性に彼を傷つけたい衝動にかられる。

だけど、それをしてしまったら、もう自分は彼から逃げられなくなるかもしれない。

それが怖くて、とても無理だと結論を出した。

「あのさぁ、詐欺まがいって山吹さんは言うけど、別に犯罪でもなんでもないんだよ？」

三人の険しい表情を見て、心外だと言わんばかりに涼が文句をつける。

「お客だって、金を使いたがってるんだ。そういう愛情の示し方が、世の中にはあるんだよ。そのスイッチをほんの軽く押すだけで、皆が幸せな気分になれるんだって」

しかし、涼の言葉は空《むな》しく皆の耳を素通りしていくだけだ。見込みなし、と判断した彼は、最後の望みを託して藍へ向き直った。龍二とは浅からぬ縁を持つ藍ならば、どんな手段を講じてでも彼を助けたいと思うに違いない。

だが、涼はすぐに（ダメだ……）と匙《さじ》を投げた。

藍は昨日初仕事に出たばかりで、まだ常連と呼べるお客がついていない。いくら本人にやる気があっても、出してくれる当てが皆無なのだ。それでは、最初からお話にもならない。

絶望的じゃん、と涼がため息をつきかけた時。

突然、沈黙を破って藍の携帯が鳴り出した。

「だ、誰だろう。これ、仕事専用なのに……」

びっくりしながら携帯を取り出した藍は、更に目を丸くする。

液晶に並んだ発信源は、昨日会ったばかりの老人のものだった。

龍二はベッドの上に寝転び、ボンヤリとテディベアたちを眺めていた。

先日藍に話した通り、病気の幼い妹を慰めようと次から次へと集めたが、妹が亡くなった今でも買うことはやめられない。なんだか、そうしている間は彼女がどこかで生きているような気がするからだ。早くに両親を亡くしたせいで、年の離れた妹を龍二はとても可愛がっていた。

一番最近手に入れたシュタイフの小さなオーナメントベアは、クリスマスの限定品だ。ツリーにそのままぶら下げられるようになっていて、天使の羽がついている。藍のつたない誘惑に乗ってしまった晩、腹立ち紛れに床へ叩きつけたショックで、僅かに鼻が曲がっていた。

「三ヵ月で、一千八百五十万か……」

鼻の曲がったテディベアは、どこか泣いている藍を連想させる。龍二は深々と息をつき、一体どれだけ藍たちに無茶を強いれば作れる額だろうかと考えた。

「雨宮のクソ野郎……金になると踏んだ途端、無茶を言いやがって」

それでも、自分はやらなければならないのだ。

あの四人とはいつの間にか奇妙な連帯感が生まれていたが、そもそも借金回収を目的にした利害関係にある奴らだ。藍だって、一度は色仕掛で龍二を騙そうとしたではないか。どんなに可愛くても、所詮《しょせん》は相容《あいい》れない運命なのだ。

「……くそっ」

頭にちらつく藍の泣き顔を振り切ろうと、龍二はハイライトの箱に手を伸ばす。だが、煙草に火をつけようとした寸前、ドアチャイムが鳴り響いた。誰かに会う気分ではなかったので初めは無視していたのだが、相手も根気よく何度も鳴らしてくる。とうとう根負けして玄関まで出ていき、殊更《ことさら》不機嫌な声で「はい」とだけ答えた。

ドアの向こうで、微《かす》かに息を呑《の》む気配がする。

続けて、耳に馴染《なじ》んだ声が聞こえてきた。

「あの……僕……」

「……藍……か……？」

「そうです。突然、押しかけてすみません」

名前を呼ばれて安堵したのか、やや早口な答えが返ってきた。

「龍二さん、ここ開けてくれませんか？」

「……なんの用だよ」

「僕に、電話がかかってきたんです」

「電話だぁ？」

唐突なセリフの意味がわからず、龍二は怪訝そうに問い返す。だが、藍は顔を見て話すつもりなのか、それ以上は答えようとしない。仕方がないので渋々とドアチェーンを外すと、龍二は静かに玄関のドアを開いた。

「……良かった、開けてくれて。あの、こんばんは」

「ああ」

やたらと深刻ぶった声だったので、てっきり項垂れていると思いきや、意外にしっかりした眼差しで見返してくる。藍はぺこりと頭を下げると、思い切ったように口を開いた。

「龍二さん、今日の僕は嘘なんか一つもつきませんから」

「はぁ？」

「上がっていいですか？　電話がかかってきたから、あまり時間がないんです」

「さっきから、なんの話をしてるんだよ。電話だとか嘘だとか、さっぱり意味がわからねぇ」

「お邪魔します」

面食らう龍二をよそに、藍は勝手に靴を脱いでいる。なんだか焦っているように見えるのは、この後に約束でも入っているからだろうか。龍二の許可も取らずに上がり込んだ藍は、前と同じように床へきちんと正座をすると、改めてこちらの目を見つめ直してきた。

「電話っていうのは……つまり、その……お客様からの電話って意味です」

「おい、予約はメールでしか受け付けない決まりだぞ？　おまえ、また勝手に……」

「ち、違うんです。そうじゃなくて……あの、昨日のおじいさんが……」

「おじいさん？　まさか、昨日メシ食ったジジイのことか？」

龍二の言葉に、藍はこっくりと頷く。どうやら見た目ほど中身は落ち着いていないようで、心を静めるためかキュッと下唇を噛んだ。

「昨日のおじいさん、僕のこと気に入ってくれたみたいなんです。だから、普通はメールで予約を入れるのが決まりなのに、直接携帯に電話をかけてきて。僕が、一存で予約は受けられませんってお話ししたら、クラブとは無関係に取り引きをしないかって言ってきました」

「どういう意味だ……？」

「その時、皆もいたんです。それで、恐らくデートクラブとは別に、個人的に僕を買いたいって話なんじゃないかって……。だって、取り引きをしようにも僕には借金しかないし」

「買うって……あのジジイがか？」

「どういう意味なのかは、会って話すからって教えてくれませんでした」

「バ……バカ言うなっ！」

思わず、龍二は怒鳴っていた。先週、社長室に呼び出されてからずっと眠りについていた覇気が、あまりの衝撃でいっきに目覚めた気がした。

「この俺を抜きにして、おまえよくそんな電話に出られたなっ。一体、何考えてるんだよっ。勝手な真似はしないって、この間俺とあれほど……」

「だって、しょうがないじゃないですか！」

「何が、どうしょうがないんだっ。仕事だって、俺はちゃんと回してやっただろうがっ」

「そんなんじゃ、もうおっつかないでしょう？」

「え……」

藍の肩を揺さぶっていた両手が、その一言で動きを止める。

「おっつかないって……藍、おまえ何を……」

「………」

「言えよ、藍っ。おまえ……いや、おまえら何を知ってんだっ」

「……涼さんが、教えてくれたんです。龍二さんが、とても大変なことになってるって。だから、一刻も早く借金を綺麗にしてあげないと、僕たちだけじゃなくて龍二さんに迷惑がかかるって……」

「あのホスト野郎……っ……」

「だから、皆で会議を開いてたんです。でも、誰もいい案が浮かばなくて。そんな時、僕の携帯に電話がかかってきて、昨日のおじいさんが今晩また会いたいって言ってきました。デートクラブの予約じゃなくて、僕と個人的な取り引きをしたいからって……」

「どうして、その場で断わらなかった？」

憤《いきどお》りを抑え切れず、龍二はきつく藍を睨みつけた。藍だけならまだしも、どうして他の奴らが止めなかったのか不思議で仕方なかった。

藍は潤んだ瞳でかぶりを振ると、それでも目を逸らさずに先を続けた。

「涼さんは、きっとすごい儲《もう》け話になるよって言ってました。個人の専属ってことは、専属料みたいなものが請求できるからって。それなら、相手次第で幾らでもふっかけられるし、場合によってはお金も貸してもらえるかもしれない。確かに、あのおじいさんはお金持ちだったから、一生懸命頼めば可能性はあると思うんです……」

「それ、身売りって言うんだぜ？」

「……わかってます」

「わかってねぇだろう、なんにもっ。いいか、藍。ただ食事の相手や話し相手が欲しくて、なんの資格も取り柄もない男を専属に、なんて言ってくるわけがないんだっ。昨日おまえに指一本触れなかったのだって、そういう含みがあったからかもしれないんだぞ！」

「じゃあ、どうすればいいんですか！」

負けじと、藍が声を荒らげる。先刻まで濡《ぬ》れて光っていた黒目が、よほどの覚悟を決めたからか、キッと強い光を放っていた。

「このままだと、僕たちも龍二さんも行き詰まってしまうでしょう？　選択の余地なんか、ないんです。早くお金を返さないと、龍二さんが……っ」

「藍……」

「り、龍二さんに……何かあったら……」

「藍……──」

一番、藍が案じていること。

それは、自分でも従兄弟たちでもない、龍二の身の安全だったのだ。

痛いほど藍の気持ちが伝わり、龍二はしばし絶句する。

弱々しくて頼りない、手のひらのテディベアのようなお坊っちゃま。ずっとそんな風に見てきたが、それは大きな間違いだったかもしれない。今、藍は自分の身体を張って、龍二を守ろうと必死になっている。今まで、こんなに激しく他人から愛された記憶など龍二にはなかった。

「山吹たちは……？　あいつら、まさか賛成したのか……？」

「……大反対されたんで、店を飛び出して龍二さんのところに来ました」

「まぁ……そうだろうな……」

いくぶんホッとして、龍二は長いため息をついた。

「とにかく、ジジイには俺から断わりを入れておく。だから、このことはもう……」

「龍二さんや皆がなんて言おうと、僕はおじいさんに会います」

「なんだと……？」

「誤解しないでください。僕がここに来たのは、別に龍二さんの許可を貰うためじゃありません。だって、個人的な取り引きなら僕の一存で決められるでしょう？　そうじゃなくて、あの……」

　それまで、勢いに任せて動いていた唇が、不意に強張《こわば》ったようになる。なんなんだ、と龍二が無言で問いかけると、藍の小さな顔があっという間に赤く染まった。

「あの、最初にも言いましたけど……」

「え？」

「……今度は、嘘じゃありませんから」

「だから、何がだよ？　わっかんねぇな」

「――抱いてください」

　一大決心の音を響かせて、藍は龍二の胸へ飛び込んだ。

「今晩の取り引きで、何がどうなっちゃうかわかんないから。そりゃ、相手はおじいさんだけど、まだまだお元気そうだったし。とにかく、なんか想像もつかないような展開になっちゃったら、僕だって覚悟を決めないといけないでしょう？　それなら、僕は……」

「藍……」

「さ……最初は、龍二さんがいいなって思って。お、お餞別《せんべつ》のつもりで、いいですから」

「わ、わけわかんねぇこと言うなっ。自分がしゃべってる意味、ちゃんとわかってんのか？」

「僕は、龍二さんが思っているほどバカじゃありませんっ」

「…………」

ギュッと力強くしがみつかれ、龍二は逃げることもできなくなる。

まさか、藍がもう一度腕の中へ飛び込んでくるとは思ってもいなかった。しかも、遊郭に売られる直前の生娘《きむすめ》のように、「最初はあなたと」なんてセリフ付きで。

嬉しさや切なさ、驚きと憤り。ありとあらゆる感情が一度に交錯して、龍二はパニックを起こしそうになった。それをかろうじて抑えたのは、腕の中で藍が「好きです……」と呟いたからだ。

「——藍……」

「好きなんです。この間のは嘘だったけど、今のは本当に本当です」

「…………」

「俺、龍二さんが好きなんで……」

途中で、告白が途切れた。

弾かれたように、龍二が深く口づけたからだ。それは、今まで二人が交わしたキスの何倍も甘くて熱い、唇が蕩《とろ》けるような極上のキスだった。

「龍二……さん……」

「俺も、おまえが好きだよ」

悔しそうに、龍二が言った。

もうどうしようもない、といった響きだった。

「好きだよ、藍。めちゃめちゃ、おまえが可愛いよ」

「ほ、本当に……？　それ、本当ですか？」

「そうでなくて、男のおまえに何度もキスするわけねぇだろう」

龍二は、呆然《ぼうぜん》としている藍を困ったように見返す。

それから、おもむろに細い手首を摑むと、傍らのベッドまで力任せに引っ張っていった。

いきなりな行動に多少のためらいは見せつつ、藍はそれでも素直についてくる。抱きしめながらベッドに押し倒した時も、密《ひそ》かなため息を漏らしただけで、少しも抵抗しなかった。

「藍……好きだよ……」

ささやきと口づけを交互にくり返しながら、龍二が服を脱がせていく。一瞬でも指を止めたら、もう藍を抱けなくなるとわかっていた。だから、飛ばした理性が戻らない内にと、彼は性急に藍を自分のものにしてしまおうとした。

はだけたシャツから肌が露《あらわ》になり、鎖骨の綺麗な窪《くぼ》みまでが鮮やかに目に映る。

組み敷かれた藍の縋《すが》るような眼差しが、止まらないでと訴えていた。

「いいのかよ……本当に、いいのかよ？」

言葉にするのが恥ずかしいのか、何度龍二が尋ねても藍は短く頷くだけだ。けれど、その度に肌が薄い桃色に染まり、藍の決心を可愛く彩ってくれた。

今ここで藍を抱いても、今晩からは別の誰かのものになるかもしれない。

そんな悲しい引き金がなくては、好きな相手も抱けない自分はなんてダメな男なんだろう。

自己嫌悪を覚えつつも、龍二は自ら勇気を出して飛び込んできた藍を、尊敬にも似た思いで抱きしめた。

「龍二さん……大好き……」

うわ言のように藍が呟き、しっとりと湿り出した肌を甘える猫のように擦《こす》り付けてくる。

そうして、床に落とす服が増える度に、その体温はどんどん高くなっていくようだった。

明るい照明の下で見る、生まれたままの姿の藍。

それは、今まで龍二が目にした物の中で、もっとも愛《いと》しい形をしている。

羞恥を堪えて、きつく閉じた瞳と震えるまつ毛が可愛かった。

「藍……好きだよ……」

「うん。僕、すっごく嬉しい」

耳元でそうっとささやくと、微かに瞳を開いて藍が微笑《わら》う。龍二は自分も手早く服を脱ぎ捨てると、改めて藍の身体をしっかりと抱きしめた。

こうして抱き合っているだけでも、藍の肌は甘く潤んでくる。綺麗な丸みを帯びた肩から優しく指先を滑らせると、まるで細胞が溶け合うように吸いつく感触が心地よかった。

「……怖くないか？」

同性どころか、他人と寝ること自体が藍には初めてだ。

ふっと不安になった龍二が問いかけると、意外にも藍は不思議そうな顔をした。

「全然、ちっとも怖くない。龍二さんは、怖いの……？」

「俺が？　なんで？」

「だって、少し困った顔してるから」

素直な感想を口にして、藍が幸福そうに目を細める。あどけなく動く唇は、まるでキスをねだっているようだ。照れ臭いのも手伝って、龍二はおしゃべりを休んで口づける。舌を絡めながら右手を下へ伸ばしていくと、一番高い熱を持った藍自身がそこで待っていた。

「……あ……っ……」

潤んだ温もりにそうっと指を這わせてみると、はっきりと悦《よろこ》びの反応が返ってくる。だが、快感に満ちていく身体とは裏腹に、怖《おそ》れからか無意識に藍は逃れようともがき始めた。龍二はそれを許さずに、右手を繊細に動かしながら左手で更に引き寄せる。ここまで煽《あお》られてしまったら、もう自分では止めようがなかった。たとえ藍が泣いて頼んでも、華奢な身体に情熱を全て注ぎ込むまで一瞬たりとも離せない。

湿った肌を指先で嬲《なぶ》り、掠れた吐息に耳を傾ける。からめた指を淫《みだ》らに繰ると、それだけで藍は泣きそうな声を出した。甘い刺激が波に乗って駆け巡る度に、身体が綺麗な弓なりにしなる。龍二の手の中で愛されている藍自身も、震えながら涙を零し始めていた。

「最後まで我慢できるか？　藍？」

「え……」

「この先は、少し辛い思いをさせるかもしれないぞ？」

「辛い思い……」

半分虚《うつ》ろな表情で、藍は幼子のようにこっくりと頷く。多分、龍二の言っている意味があまりわかっていないのだろう。それならそれで、緊張している相手を抱くよりはやりやすい。

「あ……やっ……りゅ……じさ……っ」

龍二は愛撫《あいぶ》の手を休めずに、藍自身の熱を激しく煽っていく。なまめかしい動きに合わせて、自然と藍の身体が開き始めた。初々《ういうい》しい反応は、その声も熱も縋る指先も、全てが快感を生み出すためだけに存在しているようだ。

「……挿《い》れるぞ？」

「え……あ、りゅう……じ……さ……っ」

シーツから浮いた腰を抱いて、龍二は慎重に藍の中心へ身体を進めていく。それまで悦びにのみ揺らされていた身体が、不意に侵入してきた異物に脅え、大きく苦痛にのけ反った。

「……く……ぅ……！」

声にならない叫びを、藍は必死になって喉で堪える。反動で爪が龍二の肩に食い込み、その鋭い痛みは倒錯した快感となって、彼の精悍な身体を駆け巡った。

「い……や……っ……もぉ……っ……あああっ」

時に喘《あえ》ぎは哀願となり、次には享楽へと音を変える。全てを受け入れるには相当な時間が必要だったが、藍は健気に身体を開き続けた。征服する喜びにいつしか龍二は夢中になり、まるで初めてセックスをする少年のように、ひたすら不器用に藍を求め続ける。溺《おぼ》れそうだ、と龍二は呟き、押し寄せる熱の固まりに、幾度も飲み込まれそうになった。

溶け合った体温から新たな鼓動が生まれ、それをまた二人で分かち合う。

龍二の腕の中で藍は揺れ続け、朦朧《もうろう》とした意識の下で天国の高みへと駆け昇った。

「藍……愛してるよ……」

最後に龍二が達した時。

不思議と、その言葉だけがはっきりとした音になる。

藍は薄く微笑んで、なんて綺麗な音だろう、とため息をついた。


「ここか……」

金の飾り文字で3107と打たれたドアの前で、藍はしばし躊躇《ちゅうちょ》する。

時間は、約束の午後八時。都内の高級ホテルに赴いて、指定された部屋までやってきたのはいいものの、どうやら部屋はスイートのようだ。お陰で、まだはっきり知らされていない取り引きの内容が『推して計るべし』のきわどい感じになってきた。

だが、ここまで来たらもう引き返すことは出来ない。

昨夜一睡も出来なかった龍二がうたた寝をしたのを幸いに、黙ってマンションを出てきてしまったのだから。

「……よし」

藍は一度深呼吸をすると、意を決して呼び鈴を押してみた。

「どちらさまかしら?」

「あの……お電話をいただいた、海堂寺藍ですが……」

「海堂寺さん? まぁ、ちょっとお待ちになってね」

「あれ……」

なんだか肩透かしを食らった気分で、首を傾《かし》げる。不穏な予想に反して、中から聞こえてきた声はどう考えても大人の女性のものだ。

わけがわからず、ますます不安が募る藍の前でドアが大きく開かれた。

「よく来てくださったわ、海堂寺さん」

「あ……あの……」

「ああ、ごめんなさい。自己紹介がまだだったわね。私、今日は父の代理でお待ちしてましたのよ」

「お父様……ですか……」

「ええ。昨日あなたと夕食をいただいたのは、私の父なんです。嫁いだので姓は違いますけど、私は伊集院《いじゅういん》家の長女の奈美《なみ》と申します。父の秘書のような仕事もしておりますので、どうぞご安心なさって。今晩の会合では単なるサポートの予定だったんですけど、父が家を出る寸前にぎっくり腰になって入院してしまいまして……」

「入院……」

「ですから、今晩のお相手は私だけですけど、よろしいかしら」

お相手、という言葉にハッと身構えたが、滑らかに話し続ける彼女はどう見ても藍を金で買おうとしている人種には見えない。品の良いクリーム色のツーピースに身を包み、長い髪の毛を後ろできりりとひっつめた姿は、商談にでも来ているような感じだ。見たところまだ三十代前半のようだが、はきはきした物言いの似合う凜《りん》とした美女だった。

「嫌だわ、ごめんなさい。さっきから、私ばかりが一方的にお話ししてるわね」

「そ、それは別にいいんですけど……あの、それじゃ取り引きっていうのは……」

「立ち話もなんですから、とりあえずソファにお座りになって」

奈美は優雅な物腰で先に立って歩き、藍を室内へ案内する。褪《あ》せたピンクを基調にしたアンティーク調の応接セットのテーブルには、すでに銀食器でコーヒーの用意がされていた。狐《きつね》につままれたような気分で彼女の向かいに腰を下ろすと、まずはコーヒーを勧められる。

久しぶりに味わう本物の香りに、思わず頬を緩ませた時だった。

「失礼ですけど、あなたは海堂寺家の……本家のご長男よね？」

「あ、はい。そうですけど」

「ああ、良かった。父が絶対にそうだと言い張ったんですけど、やはり俄《にわ》かには信じられなくて。その……あなたをデートクラブのＨＰで、お見かけしたってことだったので……」

言い難《にく》そうに話す奈美を見て、藍はこれまでの経緯を簡単に彼女へ説明した。話しながら、そういえば龍二が「身元がバレても潔く」なんて言っていたことを思い出す。そのせいか自然と背すじがしゃんとし、口調も堂々としたものになってきた。

一通りの話が終わると、奈美はしみじみとした様子で言った。

「そうでしたの……。海堂寺家の話は聞いていましたけど、それはご苦労なさって……」

「別に、なんでもありません。従兄弟たちも一緒でしたから」

「そうは言っても、海堂寺の本家でしたら、蝶《ちょう》よ花よでお育ちだったでしょうに」

彼女は心から同情しているようだが、藍には呼び出された理由の方が気にかかる。もしもこちらの見込み違いで、単に没落した金持ちの身の上話が聞きたいだけだとしたら、またゼロから金策を考えなければならないのだ。

「あの、すみませんが……取り引きというのは、なんのことですか？　単刀直入で申し訳ないんですけど、あんまりのんびりもしていられないので……。伊集院さんに連絡をいただいた時、確か個人的な取り引きをお願いしたいってことだったんですが……」

「ええ、そうなんです。父がワガママを言いまして、申し訳ありません。実は……」

「――はい」

「失踪《しっそう》されたご両親から譲られた刀と鎧《よろい》一式を、ぜひ私どもに売ってはいただけませんか？」

「はい？」

この人は、今何を言ったのだろう。

あまりに予想外な言葉が飛び出したため、意味を理解するのに数秒かかった。それから、ようやく奈美の話が忌ま忌ましい生前贈与の件だと思い当たる。両親が余計なことをしてくれたお陰で、藍たちは窮地に立たされたのだ。

「どうかしら？　やはり、家宝ですから手放せませんか？」

「その前に、どうして僕が持っているとおわかりになったんですか？」

「ああ、あなたはお若いからご存じなくても無理はないわ。刀剣コレクターの間では、海堂寺家の本家が所有している刀と鎧は、幻の逸品と呼ばれているんですのよ。マニアなら、誰でも知っている素晴らしい芸術品です」

「あ……あのボロ……いや、古い刀と鎧が幻の逸品？」

「そうです。海堂寺家が窮地に追い込まれ、かなりの財産を処分した時も、それらだけはオークションに出されませんでした。それで、ますます行方《ゆくえ》が案じられていたのです」

「そ……そうだったんですか……」

「恐らくは、ご長男が譲り受けたのだろうと。そこまで察しはついたんですが、肝心のあなたの行方がさっぱりわからなかったでしょう？　そうしたら、先日たまたま見たＨＰで……。父は老人ですし、ああいう風俗産業には元から興味がないものですから、ＤＭを貰っても放っておいたんです。でも、たまたま気が向いたんでしょうね。鎧が呼んだのだと、言っていましたけど」

　そう言って苦笑しているところを見ると、今までも父親のコレクション熱でさんざん苦労させられてきたのだろう。なんとなく微笑ましい気持ちになって、藍の緊張もようやく解けてきた。

「父のためにも、お願いしますわ。考えてみては、いただけません？」

「はぁ……」

　意外な申し出に驚きはしたが、どうせガラクタ同然だったのだし、買ってくれると言うのならこちらとしてもとても有難い。それでまとまった現金が少しでも作れれば、悩んだ甲斐もあると言うものだ。一時は身売りをする羽目になるんじゃないかと、悲壮な覚悟までしていたのだから。

（そうだよ。だから、僕は龍二さんと……）

　そこまで考えた途端、さっき味わった感覚が鮮やかに蘇る。藍はたちまち顔が赤くなり、龍二に口づけられた身体のあちこちがじんわりと熱っぽくなった。

「あら、お暑いのかしら？　このお部屋、かなり暖房を入れているから……」

「い、いいえ、大丈夫です。それより、さっきのお話ですけど……僕は構いません。お譲りします」

「よろしいんですか？　本当に？」

奈美の顔が、パッと明るくなる。よもや、即答してもらえるとは思っていなかった様子だ。そんなに大層なことかなぁ、と少し奇妙に感じながら、藍はにこやかに頷いた。

「いいですよ。譲ってくれた両親には悪いけど、ああいう骨董品《こっとうひん》はちゃんと価値のわかる方に持っていただいた方がいいと思います。でも、本当に古いだけの汚い物なんですよ？」

「とんでもない！　父も、きっと大喜びしますわ！」

「僕の方こそ、そう言ってもらえて嬉しいです」

「……それで、お値段の方なんですけど」

突然ガラリと声を低めて、彼女は真剣な目つきになる。藍の方はフリーマーケットにでも出すような気楽さでいたのだが、どうやらここからが本題のようだ。奈美は軽く身を乗り出すと、こちらの反応を窺《うかが》うような顔でこっそりと話を切り出した。

「勝手な話で恐縮ですが、ここに来る前に馴染みの骨董商と、もしもオークションに出たらと仮定した上で妥当と思われる金額を決めてまいりました。でも、もし提示した金額がご不満なようでしたら、遠慮なくおっしゃってください。ですが……多分、どこの骨董商よりも私どもが一番良いお値段を出していると思います。それは、おわかりになって」

「わかりました。えっと……？」

「では、藍さんがお持ちになっている刀剣と鎧一式、五千万円でいかがでしょう？」

「え……？」

聞き間違いだ、と思わず藍は笑ってしまう。

あんまり借金にこだわっていたから、そんな空耳が聞こえたんだ。

「あの、すみません、よく聞こえませんでした。もう一度言っていただけますか？」

「五千万です。もし承知していただけるのでしたら、この場ですぐ小切手を書きますわ」

「…………」

「藍さん？　藍さん？」

「ご……ごせ……ごせんまん……」

「……困ったわ。もしかして、ご不満なのかしら。でも、査定額でいけば恐らくこれくらいが……」

「ふ、不満なんかじゃ……」

情けないほど語尾が震えて、最後までちゃんと発音できない。

しっかりしろ、と藍は自分を叱咤した。

たかが五千万円ごときで狼狽《ろうばい》するとは、おまえはそれでも海堂寺家の人間か。

（そうだ……たかが五千万じゃないか。うちの土地家屋が確か競売で十一億だったから、その二十分の一にも満たないじゃないか。五千万なんて、ヨットを買ったら一瞬だ。一瞬……）

一瞬で、借金なんて完済だ。

（やった……――）

藍は深々と息を漏らし、ようやく全身を緊張から解き放つ。心の中では「お父様！　お母様！」と、ヨーロッパの空にまで絶叫を轟《とどろ》かせたい気分だった。

「どうかしら、藍さん。お願いですから、前向きに検討してはいただけません？」

「わ……わかりました。それでは、五千万円でお譲りしま……」

「火事だぁ――っ！」

その時。

藍のセリフを遮って、聞き覚えのある声が廊下中に響き渡った。

奈美が怪訝そうにドアを見つめるのをよそに、まさかと思いながら藍はドアへ駆け寄る。

「火事だ！　火事だぞ！　皆、部屋から出てください！　出ろっつってんだよ！」

「龍二さん……」

いつかと同じ必死な声。だが、今度は上手くいかないのか、ほとんどの客から無視されているようだ。廊下を行ったり来たりする足音と、苛立ったような叫び声が、みるみる藍の胸を熱くした。

すごいや、と藍は感動して呟く。

自分の身も危ういのに、借金完済をフイにする覚悟で僕を攫《さら》いに来てくれたんだ。

そう思ったらいてもたってもいられず、藍はドアを開けて表へ飛び出していった。

「龍二さん！」

「藍……」

消火器を片手に下げた龍二が、驚いたようにこちらを振り返る。

「龍二さん、大好きだよ！」

駆け寄り様《ざま》に思い切り抱きつくと、弾みで彼の手からゴトンと消火器が落ちた。

エピローグ

「いらっしゃいませ」

繁華街の外れに建つ、今にも幽霊が出てきそうな木造のボロ家。

けれど、懐かしい引き戸を開けた向こうには、想像を越えた空間が待っている。

「寒かったでしょう、コートをお預かりしますね」

スイ……と優雅に手を伸ばしてきたのは、思わず目を疑ってしまうような綺麗な青年だ。

透明感溢れる美貌の彼は、「はじめまして、碧です」と涼やかに微笑む。

「さぁ、こちらのお席へどうぞ」

夢見心地な気分のまま歩き出せば、実にスマートにテーブル席まで案内される。そのお供につくのは、仕立ての上等なイタリア製のスーツをさらりと着こなした、端整な顔立ちの男性だ。彼は自信に満ちた笑みを浮かべながら、「こんばんは、山吹です。ご注文はどうしましょう？」と柔らかな声で尋ねてくる。

「いらっしゃいませ。こちらは、当店からのサービスです」

真珠色に泡立つシャンパンのミニグラスを運んできたのは、黒目のきりりとした若い男の子だ。まだ少年と言っても差し支えのない容貌は、明るい清涼感と軽やかな空気に縁取られている。彼はにっこりと人なつこい笑顔で、「紺って言います。どうぞよろしく」と頭を下げた。

店内は十人も入れば一杯の狭さだし、やっつけ仕事のカウンターや寄せ集めのインテリアは、お洒落《しゃれ》やゴージャスといった単語とは何万光年もの開きがある。

それでも、いつ来てもここは人で溢れていた。お客よりホストの数の方が多い晩もあるが、真夜中になれば老若男女問わずに誰かが訪れ、新しい笑いとボトルが開けられる。

「まぁ、当店はいつもこんな感じなんですが」

今夜も、新規のお客相手に山吹が営業を始めた。

「昼間は、デートクラブなども営業しております。どうぞ、ご贔屓にお願い致します」

「ベッドまではお断わりって、言っておかなくていいのかよ？」

「うるさいな、紺。子どもは黙ってろ」

「なんだよ、あったまくんなぁ。ホストとしての稼ぎは、俺がいつもトップじゃんか。デートクラブの仕事を昼間限定にして、夜はホストクラブに専念することにしたのだって、俺が涼さんに引き抜かれたら困るからだろ？」

「いいや、違う。借金がゼロになったのを機に、やっぱり初志貫徹してホストクラブで一旗あげようって皆で決めたからじゃないか。少しずつ接客のコツも摑めてきて、デートクラブからそのままウチの常連になってくださる方も増えてきたことだしな」

山吹がそう言ってフフン、と偉そうな顔をすると、自分の店をサボってきた涼が「何言ってるんだ、まだまだ甘いよ」と脇から茶々を入れてくる。ムッとして彼のボトルを取り上げようとすると、珍しく酔ったのか、思い切り拗《す》ねた目つきで睨みつけてきた。

「まぁ、せいぜい山吹さんも頑張れば？　ここの売上げが、一晩でもミネルヴァを抜けるようにね。無理だと思うけどさ」

「ようし、面白い。その話に乗ってやろうじゃないか」

「あ、じゃあ賭ける？　ここが、もし一晩でもウチの売上げを抜いたら……」

「抜いたら……どうするんだ？」

「しょうがない。あんたと、寝てやるよ」

「な……！」

強気だった山吹の顔が、瞬時に蒼白となる。

それを見た涼がケタケタと笑いだし、碧はやれやれ……と呆れたように腕を組んだ。

「なぁなぁ、碧。今のって冗談かな、本気かな？」

一人判別のつかない紺が、疑惑の眼差しを二人に向けている。

苦笑したまま何も答えない碧にムッとしながら、彼は悔しそうに「カップルは、一組で充分だよ」と毒づくのだった。

「なんだか、お店が盛り上がってるね」

「今日は、特に忙しいからな」

台所では、藍と龍二が並んで仲良く料理を作っている。もっとも、藍は完全なアシスタントで、龍二が指示する通りに皿を並べたり、鍋の野菜をかきまわしたりしているだけだ。

「でも、驚いちゃったな。龍二さんが、調理師免許持ってたなんて」

「コックじゃ、妹の治療費が稼げなかったからな。それで、あざみ金融に入ったんだ」

「そうだったのか……。じゃあ、やめて後悔してない？　うちじゃ、ろくなお給料出ないよ？」

「まぁなぁ。せっかく転がり込んできたタナボタの五千万の内、借金返済に充《あ》てたのが約二千万。ところが、この店は残りの三千万をポンと親に送っちまうバカ揃いだからなぁ」

「そ……それは……」

からかうような龍二の言葉に、藍は困った顔になる。せめて、新しい店が一軒開けるくらいの蓄えはとっておけば良かったのに、自分たちの手元にはやっぱりほとんど現金がないからだ。

刀と鎧一式を正式に譲った後、突然スイスのジュネーブから藍たちの家に手紙が舞い込んだ。それはあちこちをたらい回しにされたらしく、かなり昔の日付のものだったが、なんと海外逃亡生活中の両親たちからの手紙だったのだ。

それぞれの親から子どもたちへの詫《わ》び文と、とりあえずスイスで慣れない労働に励んでいるとの近況が短く記されたボロボロの手紙。慌ててそこに書かれた住所に連絡してみたら、なんとも憔悴《しょうすい》しきった父親たちの声が電話越しに流れ込んできた。

「あの人たち、本当に労働が向いてないんだよ。それに、もうけっこう年でしょう？　なんだか気の毒になってきちゃって。そうしたら、もう一度ホストクラブを始めようって話がタイミング良く持ち上がったんで……」

「だったら、日本に呼び戻してやれば良かったじゃないか。借金はチャラになったんだしょ」

「……それも考えたんだけど、スイスの方が生活自体は向いてるみたい。どうせ戻ってきても、家屋敷は何も残ってないしね。だから、とりあえず不法就労はしなくてもいいようにって思って」

「それにしても、太っ腹だよなぁ。だって三千万だぞ？」

「僕たち、元はお金持ちだからね。そんな中途半端な金額を手にしたら、あっという間に散財するに決まってるもん。だから、ない方がいいんだよ。それに、『ラ・フォンティーヌ』が復活したから夜にはいつでも四人でいられるようになったし、僕は今が一番幸せだな」

「俺も、側にいるしなぁ？」

「……うん、そうだよ」

甘いセリフに嬉しくなった藍が、里芋《さといも》を切っている龍二を隣からうっとりと見上げる。すぐに短いキスが降りてきて、龍二は明るく笑い声をたてた。

「給料のことは、気にすんな。この調子なら、おいおいここだって黒字になるだろうさ。おまけに、俺にはプラス藍が付いてくるんだろ？　それなら、迷う余地なしじゃねぇか」

「え……ええと、まぁ……」

「違うのか？」

「違わない！」

意地悪い質問をされ、藍はブンブンと首を振る。

龍二のセリフは、これからもずっと一緒という意味だ。

二人だけの真夜中の逢引《あいびき》は、『ラ・フォンティーヌ』がある限り続いていく。

再び降りてきた口づけに酔いながら、藍は胸の中でそっと呟いた。

今夜も、明日も、その先も。

あなたと、真夜中にお会いしましょう——。

略奪は夕暮れに

「なんだか、納得できないわ！」

真っ赤に塗られたユリカの爪《つめ》が、目の前の龍二《りゅうじ》へ向けられる。赤のみならず、点々と飾られた星の欠片《かけら》が照明をキラキラと弾《はじ》いたため、龍二は眩《まぶ》しそうに目を細めた。

「相変わらず、すっげぇ爪してるな。それで化粧とか出来んのかよ」

「見ればわかるでしょ。完璧《かんぺき》よ。……てゆーか、あたしの化粧なんかどうでもいいのよっ」

うっかり乗せられかけたユリカは、バン！　と強くテーブルを叩《たた》く。

開店前の『ラ・フォンティーヌ』に、睨《にら》み合った状態で小一時間。他に誰もいないのをいいことに、龍二は先刻からユリカにねちねちと文句をつけられているのだった。

「本当〜に、納得がいかないわ。藍《あい》ちゃんは、あんたを怖がっていたんじゃなかったの？　それなのに、なんでいつの間にかくっついてんのよ？　あんた、どんな汚い手を使ったのっ」

「うるっせぇな。藍の方で〝俺がいい〟って言うんだから、しょうがねぇだろっ。おまえは、さっさと家に帰って拾った猫でも可愛《かわい》がってろっ」

「まぁ、あたしにそんな口きいていいわけ？　……バラしてやるから。あんたの悪行、全部藍ちゃんにバラしてやるっ。純真なあの子が聞いたら卒倒するような、あんなことやこんなこと……」

「ユリカっ、てめぇなぁっ」

「……あんなことって、どんなこと？」

唐突に割って入った声に、二人はギクッとして振り返る。

いつ帰って来たのか、開いた引き戸を背にスーパーの袋を抱えた藍がちょこんと立っていた。碧《みどり》のお下がりの白いスプリングコートに身を包んだ姿は、そのままヌイグルミにしたいほど愛らしい。ただし、これは龍二ビジョンなので、他人が聞いたらかなり引くかもしれなかったが。

「ユリカさん、こんにちは。アクビちゃん、元気ですか？」

「う、うん、まぁね。また遊びにいらっしゃいよ。あの子、藍ちゃん好きみたいだし」

「本当？　じゃあ、絶対に行きます。うち、山吹《やまぶき》兄さんが猫アレルギーだから動物飼えないし……。前の家で飼ってた猫は、二匹ともお母様が夜逃げの時に連れていっちゃったから」

「あら……そうなの……」

ホロリとさせられる一言に、ユリカはしんみりと頷《うなず》いている。テーブルの上に買い物の袋を置いた藍は、そんな彼女に向かって無邪気な様子で再び尋ねた。

「龍二さんのあんなことって、どんなことですか？　僕、まだ龍二さんについては知らないことがたくさんあるから、良かったら教えてください」

「いいから、おまえは台所へ行ってろよ」

「でも、せっかくユリカさんが……」

「――藍」

慌てた龍二が睨みを利かせると、藍はたちまちしょんぼりとした顔になる。横暴だわ、とユリカがまた文句をつけようとした時、ぶっきらぼうな腕がひょいと藍の身体《からだ》に伸ばされた。龍二はそのまま恋人を引き寄せると、背中からすっぽりと抱き締める。

「り、龍二さん……」

「おまえはな、今の俺だけ知ってればいいんだよ」

「……でも……」

「それとも、おまえ不満でもあるのか？　俺がこうして側《そば》にいるのに？」

からかうようなセリフと共に、熱い吐息が藍のうなじへふわりと降りかかる。大きめのコートを着ているせいでますます華奢《きゃしゃ》に見える首が、ほんのりと桃色に染まり始めた。

「藍、おまえあったかいな」

「……う……」

笑みを含んだささやきに、藍は困ったように眉《まゆ》をひそめる。調子に乗った龍二がさらさらの髪に口づけると、うなじの色がたちまち頰《ほお》にまで広がった。ほんのりと潤んだ黒目と、僅《わず》かに開いた唇がとてもなまめかしい。ユリカは非常に居心地が悪くなり、渋々と椅子《いす》から立ち上がった。

「お、ようやくお帰りか？」

「許せない……。純粋だった藍ちゃんを、こんなにして……。今に天罰がくだるから！」

捨てゼリフを吐くや否や、彼女は店から飛び出していく。夕暮れのアスファルトにけたたましいヒールの音が響き、すごいスピードで遠のいていった。

「やれやれ、やっと帰ったか」

ホッとしたように龍二が呟《つぶや》き、抱きしめていた腕から力を抜く。だが、くるりとこちらを見返した顔を見て、すぐに新たな問題発生に気がついた。

「龍二さん」

「な、なんだよ……」

怒りを込めた藍の目が、すぐ間近から迫ってくる。龍二が柄にもなく機嫌を取ろうとわざとらしい笑顔を浮かべたが、生憎《あいにく》と効果は期待できそうになかった。

「どうするの、龍二さん。ユリカさん、怒っちゃったじゃないかっ」

「いや、だから、それはあの女がだなぁ……」

「あの人は、僕たちがこの店を開いた時からの常連さんなんだよっ。そりゃあ、今は少しずつ他のお客さんも増えたけど、ユリカさんは大事な第一号さんなんだからっ」

「だってよ、あいつが俺とおまえが付き合うのは納得いかねぇとかなんとか……」

「当たり前じゃないかっ。そんなの、山吹兄さんや碧や紺《こん》だって言ってるよっ！」

「……マジかよ？」

そんな話は初耳だ。思わず、龍二は素直に問い返してしまった。

「俺、ここで働き出してもうすぐ一ヵ月になるけど、そんな話は聞いてねぇぞ……？」

「それは……龍二さんはよく働いてくれてるし……作るお料理も好評だし……。だから、皆もなんとなく文句を言いづらいんじゃないのかなぁ。でも、本当に言ってるんだよ。根っからゲイでもない限り、男と付き合うなんて気の迷いとしか思えないって」

「なんだとうっ」

「僕は……全然そういうの気にしないけどね」

激高する龍二とは対照的に、あくまで藍の声音《こわね》は冷静だ。普段は弱々しいくせに、一度覚悟を決めてしまうと頑として芯《しん》が揺らがない。龍二が何度も「敵《かな》わない」と思わされたのも、藍の不思議な強さを目の当《ま》たりにしたからだった。

しかし、今の場合は話が別だ。いくら本人同士が納得して付き合っていても、周囲から胡《う》散臭《さんくさ》い目で見られていると知った以上はやはり面白くない。

「藍、おまえそれでいいのかよ」

がっしと藍の手を両手で握り、龍二は真剣な眼差《まなざ》しを向ける。思った以上に強い反応に驚き、藍はたじたじとなりながら彼を見つめ返した。付き合って一ヵ月、今更そんな基本的なところで龍二が騒ぐとは夢にも思わなかったのだ。

「よ、良くはないけど……仕方ないっていうか……」

「なんでだよっ」

「だって、僕が皆の立場でもやっぱり驚くよ。男の人を恋人だって紹介されたら。だから、時間をかけてわかってもらうしかないんじゃないかな。幸い、どさくさまぎれに付き合い出しちゃったから、皆も反対するタイミングは逃したみたいだし。多分、このまま僕と龍二さんが幸せでいれば、自然と受け入れてくれるんじゃ……」

「甘い。それは甘いぞ、藍」

ゆっくりとかぶりを振りながら、龍二がきっぱりと否定した。

「おまえら、今は店を立て直すことに夢中になってるけどな。どうせ目先の心配事が片付いたら、お鉢はこっちに回ってくるに決まってるんだ。元財閥のお坊っちゃんとしがない借金取りとじゃ釣り合いが取れねぇって、そういう展開になったらどうすんだよ」

「あの、その前に性別が……」

「とにかく！　今の内に、何か既成事実を作っておいた方がいいな」

藍に皆まで言わさず、龍二は何やら勝手に決意を固めたようだ。カウンターの置き時計が六時半を告げ、デートクラブの仕事から皆がそろそろ戻ってくる頃だった。

「あの……あの、龍二さん」

「ん？」

「既成事実って……僕、赤ちゃんとかは作れないし……」

「何をすっとぼけたことヌカしてんだよ、おまえは。そんなの当たり前だろうが」

不意を衝《つ》いて身体を近づけると、龍二はおもむろに藍の腰に手を回す。驚いて身を引こうとするのを許さずに、彼はそのまま楽々と彼を右肩に担ぎ上げた。

「なっ、何するんですか、龍二さんっ」

「何って、俺んところで一緒に暮らすんだよ」

「ええっ」

「どのみち、前からそうしようって思ってたんだ。他の奴《やつ》らがおまえを猫可愛がりしてるから、なかなか俺ん家《ち》に連れ込めないだろ。いい加減、不自由なんだよ。いろんな意味で」

「そ……そんな……っ……でもっ」

肩の上でジタバタもがく藍を、龍二は楽しそうに見上げている。そうして悠々と店から出ていこうとした瞬間、引き戸でばったりと山吹、碧、紺の三人と出くわした。

「あ……――」

どちらも、一瞬言葉をなくす。

だが、目の前の異様な光景から立ち直るのは山吹が一番早かった。

「お、おまえっ！　藍に……藍に何する気だっ！」

「いや、えーと……何する気って……」

「言い訳するなぁっ！　さっさと藍を離して、今すぐうせろっ！」

「なんだよ、そっちが訊《き》いてきたんじゃねぇかよ」

「藍っ！　大丈夫か、藍っ」

龍二の言葉などまるきり無視して、山吹が藍に近寄ろうとする。呆気《あっけ》に取られていた碧と紺が、ようやく我に返って「なんなんだ……？」と顔を見合わせた。

略奪された花嫁よろしく、藍は情けない顔で山吹を見る。けれど、ここで自分が騒いでは龍二と山吹の間で喧嘩《けんか》が始まるかもしれない。仕方なく小さな声で、「……大丈夫」とだけ答えた。

「大丈夫って、こんな状態で何がどう大丈夫なんだっ。おい、チンピラッ。藍を下ろせっ」

「お断わりだね。あ、今日は俺も藍も店は休むから。後はよろしくな、山吹サン」

「ちょ、ちょっと待てっ。碧、紺、なんで止めないいんだっ」

「だって……ねぇ……」

「本人が〝大丈夫〟って言ってんだし……なぁ……」

血相を変えている山吹をよそに、二人は鼻白《はなじろ》んだ顔で去り行く龍二たちを見送っている。

碧は男ながら易々《やすやす》と攫《さら》われていく藍に感心し、紺は大仰な兄の狼狽《うろた》えぶりに内心呆《あき》れ返っていた。

龍二といえば、街ではまだ借金取りのイメージの方が遥《はる》かに強い。その彼がか細い男の子を担いで歩いていく様《さま》は、道行く人の度肝を抜いたようだ。彼らの後ろ姿が遠くなるまで碧と紺は興味深げにその様子を見送り、山吹のため息でようやく視線を戻した。

「藍……可哀相《かわいそう》に……」

「平気だって、兄ちゃん。本気で嫌がってたら、あっさり略奪なんかされないよ」

「そうそう。藍は、なんだかんだ言って龍二さんが好きなんだから。仕方ないでしょ」

「おまえら、そんな簡単に認めていいのか？　あいつらが、いつまでも上手《うま》く付き合えるわけないだろう」

山吹がキッと詰め寄ると、意外にも二人揃《そろ》って「それはそうだよね」と頷いてみせる。

「でも、転ぶ前から歩くなって言っても無理じゃない？」

「言えてる。大体さ、どんな相手だって上手くいく保証なんかないじゃないか」

「しかし……しかしだなぁ……」

「それに、藍たちがくっついたのには、俺たちにも責任があるんだから」

「う……」

痛いところを突く碧の一言で、とうとう山吹は黙り込んだ。

もともと、龍二が自分に弱いらしいと知った藍が、「皆のために」と人身御供《ひとみごくう》の決心をしたのが始まりだ。それから運命は転がり始め、気がつけば二人は損得抜きで惹《ひ》かれ合う仲になっていた。それを、借金がチャラになった今引き離そうというのは、いかにも身勝手な意見ではある。

「しょうがないって、山吹。もう、藍は嫁にやったと思って諦《あきら》めるんだね」

「…………」

「泣いて帰ってきたら、温かく迎えてあげればいいんだよ。藍だって、そうバカじゃないさ」

碧によしよし、と頭を撫《な》でられる山吹に、もはや年長者の威厳など欠片も残ってはいなかった。


龍二のマンションは、『ラ・フォンティーヌ』から歩いて十五分ほど離れている。さすがにその距離を全《すべ》て担がれるのは嫌だったので、藍は「逃げない」という約束で途中から下ろしてもらった。

「何も、あんな強引なやり方しなくたって……」

「おまえらのペースに合わせてると、調子が狂ってくるんだよ。なんでも、ちんたら呑気《のんき》にやってるからな。大体、この部屋におまえを連れ込むのだって何日ぶりだと思ってんだ」

「そっか……」

妙な納得をしながら、藍は懐かしい気分で部屋を見回す。清水《きよみず》の舞台から飛び降りるような気持ちでこの部屋のドアを叩《たた》き、自ら龍二の胸に飛び込んでから一ヵ月だ。その後、二回だけこの部屋を訪れたが、まだお泊まりをしたことは一度もなかった。

「でも、一緒にお風呂は入ったよね？」

「……そういう問題じゃねぇんだよ」

大胆なんだか無邪気なんだか、藍の言葉は時々判別が難しい。せっかく家族同然の従兄弟《いとこ》たちの前であれだけ堂々と攫ってきたのだから、もう少し感慨というものを持ってもらいたいものだ。

だが、藍の方はマンションに来られたことを純粋に喜んでいた。龍二に言われるまでもなく、自分だってもっと二人きりの時間は持ちたい。けれど、紺と同じ部屋で龍二と愛し合うわけにはいかないし、職務中はベタベタするのにも限度がある。

ベッドの上に腰かけてテディベアたちを眺めていたら、隣にそっと龍二がやってきた。

「龍二さん。なんだか、僕たち新婚みたいだね」

「お手軽な奴だな。さっきまで、肩の上でジタバタしてたくせによ」

「少し変な感じがする。僕は、最初龍二さんのこと怖くて顔もろくに見られなかったのに」

「ん？」

「それなのに……今はもっと近づきたいって、思ってる……」

セリフが途中で遮《さえぎ》られ、煙草《たばこ》の残り香と一緒に唇が柔らかく重ねられた。

深く深く、それからゆっくりと浅く。何度も角度を変えながら、龍二のキスは少しずつ激しさを増していく。長い指が藍の頬を包み、開かれた唇からは素早く舌が割り込んできた。

「……んん……っ……」

すぐにため息を飲み込まれ、代わりに熱い吐息が注がれる。龍二の舌は自在に藍を翻弄《ほんろう》し、なんとか受け入れようと躍起になると、今度は宥《なだ》めるような優しい動きをみせた。

慣れない舌を絡めては離し、徐々に熱が煽《あお》られていく。そうして、焦《じ》らされた藍が自ら次のキスを求める仕種《しぐさ》を、龍二は楽しそうに味わった。口腔《こうこう》内をたっぷりと舐《な》め回され、擦れ合う唇が熱くなる。閉じたまつ毛が快感に揺れ、甘い苦しさに鼓動が大きく波打った。

「龍二……さ……」

「相変わらず……」

「え……？」

「可愛い声、してんな」

上《うわ》ずる吐息を舐め取りながら、龍二が満足そうな声を出す。淫《みだ》らな響きに藍の体温はいっきに高まり、じんわりと肌が潤んできた。

ベッドの上で絡み合いながら、藍は龍二の重みに安堵《あんど》の息をつく。この体温と重みだけは、初めての夜から変わらない。必死で健気《けなげ》でひたむきだった、あの龍二の指が思い出された。

「龍……二さん……好き……」

性急に服を脱がされながら、藍は来《きた》るべき一瞬に身を震わせる。それは、この上なく甘美な震えだった。龍二に抱かれるまで、自分の身体がいかに中途半端だったか藍はもう知っている。だから、何度でも彼と身体を繋《つな》げて欠けていた部分を取り戻したかった。

器用な龍二は弾くようにボタンを外し、すっかり藍を無防備な状態にしてしまう。むきだしの肌はしっとりと熱を含み、龍二が嚙《か》みつくような愛撫《あいぶ》を贈ると、まるで絵の具を零《こぼ》したようにそこから薄く色を広げていった。

「こういうこと……いつもさ……」

「い……つも……?」

「したいだろ、二人で。……こんな風に」

「……あっ……」

耳たぶを甘嚙みしながら、龍二は遠慮なく下半身へ右手を伸ばしてくる。背中に手を回した藍が、反射的に強く彼にしがみついた。次々と生み出される快感を、なんとか内側から逃がそうと無駄な努力をくり返す。だが、傍若無人な指に勃《た》ち上がった部分を包まれると、そんな気力も瞬時に奪われてしまった。

「く……う……っ……んん……」

喉《のど》から溢《あふ》れる音色は、自分でも驚くほど甘くて幼い。けれど、堪《こら》えようとするそばから龍二の指が悪戯《いたずら》を仕掛けてくるので、藍にはどうすることもできなかった。

懸命に首を振り、弾力のある背中に爪を立て、開かれた身体をただ龍二へ預ける。湿った肌が擦れ合う度《たび》に、藍は閉じた瞼《まぶた》の奥でくらりと目眩《めまい》に襲われた。

「りゅ……じさ……ぁ……」

「藍……好きだよ、藍……」

うわ言のようなささやきも、汗と一緒に耳から首筋へ流れていく。龍二は一度藍から離れると、自分の着ていた服をさっと床へ脱ぎ捨てた。

均整の取れた綺麗《きれい》な身体が、再び藍に伸《の》し掛かる。充分に煽られた互いの分身は、解放の時を待ち侘《わ》びて少しの刺激にもひどく敏感になっていた。

龍二の口づけた肌からは、匂《にお》い立つような藍の香りがする。それは色素の薄い花のように儚《はかな》く、いつでも龍二の胸を騒がせた。そのせいか、少し不安になった彼はきつく藍を抱きしめる。そうして、まるで花を手折《たお》るような罪悪感を胸に、藍の身体へ身を沈めようとした。

「藍……大丈夫か……?」

身体を繋げる前にそっと尋ねられ、藍が腰を擦りつける。なまめかしい仕種に新たな欲望が頭をもたげ、龍二は夢中になって藍の中へ自身の情熱を埋め込んでいった。

「……ふ……ぅ……んっ……」

耳を掠《かす》める喘《あえ》ぎ声が、ますます龍二を熱くする。理性を飛ばさないよう苦労しながら慎重に身体を押し進めていくと、藍の敏感な部分に当たったらしく、不意に身体がのけ反った。

「あっ……やっ……ぁあ……っ」

無意識に離れようとする藍を強引にかき抱き、龍二も我を忘れて責め立てる。爆発しそうな熱の固まりが、出口を求めてぐるぐると互いの身体を駆け巡った。

やがて一際《ひときわ》高い声を上げ、藍の身体が強くしなる。続けて龍二が達すると、二人は同時に長い長いため息を絡ませた。

身体はしっかり重なり合ったまま、しばらくどちらも身動き一つしない。荒い息遣《いきづか》いが部屋中に満ち、早鐘《はやがね》のような鼓動が互いの胸を叩いているだけだ。それでも、言葉を口にするのが照れ臭くて、不自然に長い沈黙が二人の間に漂い続けた。

たっぷり五分もたった頃。

藍が、少し掠れた声でポツンと言った。

「龍二さん……僕のこと好き？」

「へ？」

「あんまり、冷静な時に言ってもらったことないから。僕のこと、どれくらい好き？」

「おいおい……」

ゆっくりと藍の上から身体をどかし、龍二は困ったような笑みを浮かべる。手近なティッシュの箱を引き寄せた彼は、手慣れた様子で二人分の後始末をすると、藍の身体に再び手を伸ばした。

指先が、胸もとをスッと泳ぐ。きめが細かくて滑らかで、まるで散らされることを拒む花のように強い肌だ。龍二の瞳が愛《いと》しさに満ち、想《おも》いとは裏腹な言葉が口に出た。

「……ぺったんこな胸だな」

「それは……しょうがないよ……」

「でも、藍の身体が一番好きだぜ？」

「……………」

複雑な表情を見せる藍に、龍二はそっと顔を近づけて言った。

「藍の身体が一番好きだ。抱いていると、どんどん深みにはまる気がする。だから、おまえが男でも女でも、全然関係ないと思うんだ。藍の身体だから、好きだ」

「そう……なんだ……」

「俺はな、藍」

「う……うん……」

「おまえに夢中なんだよ」

そう言って、甘く口づける。

しっとりと溶け合った吐息が、唇からつま先へと染み入っていくようだった。

「なんだよ、今晩は臨時休業なんだって？」

無遠慮に店へ入ってきた涼《りょう》に、山吹がジロリときつい一瞥《いちべつ》をくれる。その右手には、昔の映画スターよろしくブランデーのグラスが揺れていた。藍が龍二に攫われたショックはやはり容易には拭《ぬぐ》えなかったため、山吹の一存で今夜の営業は休みになっていたのだ。

涼は呆れたように肩をすくめると、ぐるりと店内を見回して言った。

「あれ？　碧さんと紺は？」

「……碧はお得意さんと夕食、紺は遊びに出かけたよ」

「ははーん。それで、山吹さん一人で飲んだくれてるんだ。あんた、友達いないの？」

「やかましいっ。俺は、おまえと話してるとイライラするんだっ。とっとと出ていけっ」

「ひっでぇ言い草だなぁ。これでも、心配してやってるんだよ？」

山吹の向かいに腰を下ろし、涼は様子を窺《うかが》うように目線を上げる。意味深な上目遣いで見つめられ、山吹はたちまち嫌な気持ちになった。

思えば、涼とは初対面から相性が悪かった。粗野な態度、下品な言動、世の中を舐め切ったセリフなどが、いちいち癪《しゃく》に障るのだ。おまけに、まるでこちらが嫌がるのを喜んででもいるかのように、何かにつけて絡んでくる。紺や藍はなついているが、山吹にとっての涼は『要注意人物』に他ならなかった。

「ブランデー、俺にもくれるかなぁ。金払えば、お客だろ？」

「ここはホストクラブだ。よそのホストが、金を落とす場所じゃない」

「そうそう、売上げの方は順調なのかよ？」

物のついでのように、涼が尋ねる。山吹が動かないので、仕方なくカウンターまで行ってセルフサービスで飲むことにしたようだ。彼がグラスを取り上げ、ボトルを傾けようとすると、いつの間に近づいてきたのか山吹がそれを押し留《とど》めた。

「帰れって言ってるだろう。俺は、一人で飲みたいんだ」

「……冷たいじゃん」

「生憎と、おまえに温かく接した覚えは一度もない。さあ、早く帰ってくれ」

「…………」

一瞬、涼は何か言いかけた。反射的に山吹は身構え、軽妙な憎まれ口に備えるべく表情を一層引き締める。二人の視線がぶつかり、涼の瞳に微《かす》かな動揺が浮かんだ。

「え……？」

思わず、山吹は虚を衝かれたような声を出す。

そこにいるのは、見知らぬ他人だった。

飄々《ひょうひょう》と世慣れた態度で女性と遊び回り、実年齢にそぐわない空気を見事にまとっているナンバーワンホストではなく。まるで、どこかに置き去りにされて途方に暮れている子どものような、疲れと諦めと怖《おそ》れの入り混じった顔。胸の痛くなるような、いたいけで傷つきやすい瞳。

そこにいるのが誰だったかも忘れて、山吹は無意識に手を伸ばしかけた——が。

「やっぱ、ヤケ酒に付き合ってもいいことなさそうだな」

スルリとその手を避《よ》けると、涼が変わらぬおどけた口調で微笑《ほほえ》んだ。

「山吹さん、せっかく男前なんだからさ。もっと、スマートにいかなくちゃ。ヤケ酒なんてダセェし、はやんないよ？　どこぞの有閑マダムでも誘って、パーッと憂さ晴らししてきたら？」

「お……おまえに言われる筋合いじゃない……」

「まぁ、どうあんたが頑張ったって〝ミネルヴァ〟には敵いっこないけどね」

空《から》のグラスをさっさと戻し、涼はいつもと同じ軽口を叩く。だが、自分の変貌《へんぼう》に面食らっている山吹に気づくと、不意にその声が弱々しくなった。

「だけど……もし……」

「…………」

「もし、本当に……」

「本当に……なんだ？」

「売上げを抜いちゃったら、それはそれで大変だよな」

「…………」

「あんた、俺と寝なくちゃならないもんなぁ？　どうする？　どっちが女役やる？」

「ばっ……それは、おまえが勝手に……っ」

再び激高しかけるのを無視して、涼がひらひらと右手を振る。悪びれず引き戸まで歩いていく背中に、山吹はすっかり白《しら》けた気分で苦々しい視線を送った。

まったく、必ずこうなるからあいつには気が許せない。

ムッとしている山吹を残し、軽やかな足取りで出ていこうとした涼だったが、ふと足を止めると思い出したようにこちらを振り返った。

「心配しなくても、藍ちゃんは帰ってくるよ」

「え？」

「龍二の人さらいの件は、俺も聞いたから。でも、大丈夫。藍ちゃんは、この家に帰ってくると思うな。まだまだ、従兄弟離れはできないでしょう」

「おまえ……」

「おっと、いけね。俺、そろそろ出勤しなきゃ。じゃあ、またね。山吹さん」

女泣かせな笑顔を見せて、涼は闇《やみ》の中に消えていった。

何してるんだよ、という龍二の声に、藍はシャツのボタンをはめながら答えた。

「何って……帰らなくちゃ。お店、やっぱり心配だし」

「おまえが出たって、なんの役にも立たねぇじゃねぇか」

「そうなんだけど……でも……」

返答に困って口ごもっていたら、ベッドの上から憂鬱《ゆううつ》そうなため息が聞こえてくる。

「おまえ、ここで俺と暮らすつもりねぇのか？」

「………」

「おい、どうなんだよ。ちゃんと答えろ、藍」

龍二に背を向けて端っこに腰かけていた藍は、背後から肩を揺さぶられてますます困った。今、振り返ったらきっと怒りまくっている顔と出くわすに違いない。あんなに甘い時間を過ごした後だけに、それはかなり辛《つら》いことだ。

でも、と藍は心の中で呟く。

こんな風に出てきても、結局は山吹たちを認めさせることにはならないんじゃないだろうか。一緒にいてもいなくても、自分たちが男同士な事実は変わらないし、育った環境の違いだってそう簡単には埋められない。

「藍……おまえ、俺とずっと一緒にいたくないのか？」

　やや声音を和《やわ》らげて、龍二がそう訊き直してきた。藍は驚いて、彼を振り返る。てっきりワガママ言うなと叱《しか》り飛ばされるかと思っていたのに、くわえ煙草の龍二は煙が目に染みたような渋い顔つきになっているだけだった。

「龍二さん、あの……」

「うん」

「本当は、僕だって龍二さんとずっと一緒にいたいよ。毎日同じベッドで眠って、好きな時に抱き合って、誰にも気がねなくずっとずっと仲良くしていたい」

「…………」

「だからね、今日みたいに攫ってくれてすっごく嬉《うれ》しかった。びっくりしたけど、僕からはとても言い出せそうもないことを、龍二さんは軽がるとやってくれたんだ。……僕ね、この部屋に来た時は本気でここに住んでもいいって思ったよ」

　だったら何故《なぜ》、と龍二の眼差しが言っている。藍はボサボサになった髪のまま、上半身を乗り出して寝そべる龍二に近づいた。

「でも、僕は今一人じゃないから」

　きっぱりと、龍二の目を見ながら藍は言った。

「山吹兄さんと碧と紺。皆、一緒に路頭に迷ったんだよ。それを、助け合ってなんとか今の生活にまで引き上げた。僕の家は本家だったから、それまでは彼らとも少し距離があったんだ。けれど、この半年でお父様やお母様より、もっと身近な家族になった気がする」

「家族……なぁ……」

「まだ、家族になって半年ちょっとなんだよ。だから……もう少し皆と一緒にいたい。龍二さんのことはもちろん大好きだよ。でも、皆のことも大好きなんだ」

「じゃあ、俺がおまえにムラムラきた時はどうすればいいんだよ」

「その時は、また攫ってよ」

大真面目《おおまじめ》な顔で、藍が『お願い』をする。あんまりジッと見つめられたので、龍二は危うく煙草の灰をシーツに落とすところだった。

「僕、いつでも攫われるから。龍二さんのマンションにも、もう少し泊まりに来られるようにする。だから、もうしばらくだけ待っててください。僕、まだ何も山吹兄さんたちに返してないんだ。迷惑や心配ばかりかけて、一つも役に立ってないから」

「おまえは……」

「え？」

「おまえ、本当にバカだな」

灰皿で煙草をもみ消すと、龍二は起き上がってしみじみと呟く。それからおもむろに藍の頭へ指を伸ばすと、乱れた髪を丁寧に整え始めた。

龍二の唐突な行動に戸惑いながらも、藍はおとなしく身を任せる。今まで何度となく彼には驚かされてきたけれど、一つとして嫌だと感じるものはなかった。龍二が自分に触れるだけで、何もかも許せてしまうことを藍はちゃんと知っている。そうして、今度もその確信はその指先からしっかりと感じていた。

龍二は苦笑いをすると、つっけんどんに言った。

「まったく、バカな奴だよ。こんなボサボサ頭で帰ったら、何してきたか一目瞭然《いちもくりょうぜん》だろうが」

「龍二さん……」

「ほら、さっさと支度しろ。今からなら、仕事明けのお水の姉ちゃんたちの来店にはまだ間に合う。皆、一日の疲れを綺麗な男と遊んで忘れたいんだ。顔だけなら、藍にも商業価値があるからな」

「い……いいの？」

「いいも悪いも……しょうがねぇ」

勢いよくベッドから降りると、龍二は藍の頭をポンポンと叩く。

「いいよ。しばらくは今のまんまで。その代わり、好きな時におまえをかっさらうからな」

「……うん」

笑顔で藍が頷くと、龍二はもう一度笑った。

それは誰も知らない、藍だけが一人占めする笑顔だった。

あとがき

こんにちは、神奈木です。このたびは『真夜中に～』を読んでいただき、本当にありがとうございました。初出が十年ほど昔になる作品ですが、文庫化にあたって改めて読み直しながら懐かしさと照れ臭さでいっぱいになりました。最近はここまでふわんふわんな主人公をとんと書いておりませんが、藍は今まで生みだしたキャラの中でもベストオブお花ちゃん、と言っても過言ではないと思います。可愛いもの大好きな龍二が、ほぼ初対面からメロメロになっているのも無理はないかも。強面借金取りと元お坊っちゃまの凸凹カップル、世間ずれした他のキャラたちも一緒に楽しんでいただけたら嬉しいです。

尚、ホストクラブの営業など現在とは形態が若干変わっている部分もあります。文庫化にあたって改稿するか迷いましたが、営業時間など変えてしまうと根本的な問題がいろいろ発生してしまうので、あえてそのまま直さずにいることをご了承ください。

さて、作品について少し。このお話、最初にノベルズで刊行していただいた時、シリーズ化の予定は特にありませんでした（時々誤解されることがあるのですが、私はあらかじめ続刊が決まっている作品については必ずあとがきでその点に触れるようにしています。続きが出るのでよろしくね、みたいに。なので、そう書いてないものは刊行後に担当さんからお許しが出たり、あるいはリクエストに応える形で以下続刊、となっているのです。例えば、うち巫女シリーズなんかもそうです。あれも、最初は一冊目だけの予定でした）。全ては読者様の反応と売れ行き次第、そんな風に言われていたのでドキドキしていた思い出。その後、有難くも続編にＯＫが出まして、今作でもあざとく振っていた山吹と涼の話へと繋げることができました。ここまであからさまに振るのは滅多にしないんですが、きっと当時の私はよっぽど続きが書きたかったのでしょう。海堂寺家の面々と彼らに振り回される周囲の人間たちとのやり取りは、本当に書くのが楽しかったのを覚えています。

また、この作品は初めてドラマＣＤ化のオファーをいただいた記念すべき作品でもありました（他作品が先に出ましたが、オファーはこちらが先でした）。キャストは、藍に岸尾大輔（現だいすけ）様、龍二が風間勇刀様、紺が鈴村健一様、碧が遠近孝一様、山吹が松本保典様、涼が野島裕史様です。しかも、音監はな、なんと三ツ矢雄二様という豪華さ！　収録当日まで知らなかったので、現場でお会いして名刺交換した時に「同姓同名の人かしら」とすっとぼけたことを考えたくらいにびっくりしました（ちゃんと声を聞いたら、すぐわかりましたが）。前のスタジオ、後ろの演出と美声にサンドイッチ状態で狼狽しきっていたのを、今もよく覚えています。今回はゲラをやりながら、脳内ではドラマＣＤの声が余裕で再生されておりました（セリフ、ほぼ拾っていただいていたので）。ついでに宣伝しちゃうと、このＣＤはまだ買えるところもあるようなので興味が湧いたらぜひよろしくお願いします。

先ほども触れましたが、このお話は次作の山吹＆涼編へと続きます。また、初出レーベル休刊の余波で刊行されずじまいだった碧のお話は、来年くらいに新作書き下ろしとしてお届けする予定でおりますので、どうか楽しみにお待ちくださいませ。シリーズ未完がずっと心残りだったので、こうして装いも新たに皆様の目に触れることができて本当に嬉しいです。

また、嬉しいと言えばイラストです。初出時と同じく、金ひかる様に素敵な表紙を描き下ろしていただきました。久しぶりのキャラたちが、以前よりもっときらきら輝いて帰ってきてくれて本当に感激でした。お忙しい中、どうもありがとうございました。

初出レーベルの担当様と今回の文庫化でお骨折りくださったルチルの担当様、お二人にも心から感謝をしております。

そうして、何よりも読んでくださった皆様、本当にありがとうございます。少しでも気に入っていただけたら、お気軽に感想などお寄せください。お待ちしております。

ではでは、またの機会にお会いいたしましょう――。

神奈木　智

http://blog.40winks-sk.net/（ブログ）https://twitter.com/skannagi（ツイッター）

✦初出　真夜中にお会いしましょう……………ラキアノベルズ「真夜中にお会いしましょう」(2003年1月)
略奪は夕暮れに…………………………ラキアノベルズ「真夜中にお会いしましょう」(2003年1月)

神奈木智先生、金ひかる先生へのお便り、本作品に関するご意見、ご感想などは
〒151-0051 東京都渋谷区千駄ヶ谷 4-9-7
幻冬舎コミックス　ルチル文庫「真夜中にお会いしましょう」係まで。

幻冬舎ルチル文庫

真夜中にお会いしましょう

2014年6月20日　　第1刷発行

✦著者	神奈木 智　かんなぎ さとる
✦発行人	伊藤嘉彦
✦発行元	株式会社 幻冬舎コミックス 〒151-0051 東京都渋谷区千駄ヶ谷 4-9-7 電話 03(5411)6431[編集]
✦発売元	株式会社 幻冬舎 〒151-0051 東京都渋谷区千駄ヶ谷 4-9-7 電話 03(5411)6222[営業] 振替 00120-8-767643
✦印刷・製本所	中央精版印刷株式会社

✦検印廃止

ISBN978-4-344-83157-5　C0193　Printed in Japan